ウェストマーク戦記 1

王国の独裁者

ロイド・アリグザンダー 作
宮下嶺夫 訳

Westmark

評論社

ウェストマーク戦記①　王国の独裁者——目次

原図制作：メリル・ロスナー

〈主な登場人物〉

テオ……孤児《みなしご》で印刷屋の見習い工。ある事件をきっかけに生まれ故郷のドルニングを逃《のが》れ、さまざまな体験を重ねていく。

アントン親方……ドルニングの印刷業者。テオの雇《やと》い主。

ポーン……ドルニングの警察官。テオの顔なじみ。

ラス・ボンバス伯爵《はくしゃく》……旅の興行師。イカサマ師だが好人物。アブサロム博士、サンバロ将軍、ブルームサ親方などとも名乗る。

マスケット……ラス・ボンバスの従者。ひどく小柄《こがら》だが、御者《ぎょしゃ》としての腕前《うでまえ》は天下一品。

ミックル……さまざまな能力を持つ少女。ラス・ボンバス一行に拾われ、〈口寄せ姫《ひめ》〉として人気を呼ぶ。

カバルス……ウェストマーク王国の宰相《さいしょう》。独裁権力を振《ふ》るっている。

アウグスティン王……ウェストマーク王国国王・アウグスティン四世。一人娘《むすめ》を失った悲しみで心身を病んでいる。

カロリーヌ王妃《おうひ》……アウグスティンの妻。王の病いを憂《うれ》い、カバルスに批判的《ひはんてき》。

トレンス……王室医務官。誠実・剛毅《ごうき》な人柄《ひとがら》で、カバルスと対立している。

フロリアン……カバルス独裁に反対する若者グループのリーダー。

ストック……フロリアンの仲間。詩人で夢想家。
ジャスティン……フロリアンの仲間。ととのった顔立ちだが攻撃的《こうげきてき》性格。
リナ……フロリアンの仲間。金髪《きんぱつ》の女性。
ザラ……フロリアンの仲間。赤毛の女性。
ルーサー……フロリアンの仲間。ほかの者より年長で不在がち。
イェリネック……フロリアンたちが溜《た》まり場にしている居酒屋の主《あるじ》。

ウィーゼル……フィンガーズに住む〈拾い屋〉の少年。
スパロウ……〈拾い屋〉の少女。ウィーゼルの姉。
ケラー……人気のコミック新聞の編集発行人。政府に逮捕《たいほ》されたが脱獄《だつごく》。

パンクラッツ……カバルスの忠実な秘書官。
スケイト……カバルスが雇《やと》っている情報提供者。
騎兵《きへい》隊長……政府軍の大尉《たいい》で、職務にきわめて忠実な男。

WESTMARK
by
Lloyd Alexander

Japanese translation published by arrangement
with Lloyd Alexander
c/o Brandt & Hochman Literary Agents, Inc., New York, U.S.A.
through Tuttle-Mori Agency, Inc., Tokyo

ウェストマーク戦記

1

王国の独裁者

多くの欠点に悩《なや》むほうが、全く欠点がないよりも
幸せであることを知っている人たちへ。

装画／丹地陽子
装幀／川島　進（スタジオ・ギブ）

第一部　印刷屋の見習い工

1 博士のパンフレット

テオは、アントン親方の印刷屋で働いていた。見習い工で、雑用係だった。

彼には、親もきょうだいもいない。しかし、孤児《みなしご》としては幸運なほうだったと言っていいかもしれない。というのは、ドルニングの町の長老たちは、町の貧しい人や身寄りのない子どもの面倒《めん》を、自分たちで、つまり町全体の責任で見るのを、誇《ほこ》りにしていたからだ。テオを国立慈善院《じぜんいん》に送ってしまうようなことはしなかった。あんなところに入れられたら、ずいぶんみじめな思いをしたに違《ちが》いない。

長老たちのはからいで、テオはまず、桶屋《おけや》にあずけられた。それから馬具屋《ばぐや》にあずけられた。どちらでも長続きしなかった。たまたま、彼は読み書きができたのだ。これは、見方によっては嘆《なげ》かわしいことだった。読み書きなどできる生意気な子どもに、地道《じみち》な仕事が覚えられるはずがない……。それで、結局、アントン親方のところに回された。アントンがテオを引き取り、印刷の仕事を教えることになった。

テオは、この仕事に向いているようだった。親方との仲もうまくいっていた。アントンは一度もテオを鞭《むち》で打たなかったし、テオも、鞭で打ちたくなるような失敗など一度もしなかった。

がっしりして筋骨たくましいアントン親方だが、このところ、腰《こし》のあたりの肉が少したるんできている。親方は、この職業に惚《ほ》れこんでいた。寝《ね》ても覚めても、印刷のこと、印刷機のことが頭から離《はな》れない。手も顔も服も印刷インクにまみれているが、刷りあがった製品は、一点のよごれもない、きれいな出来栄えだ。

じっさい彼は、第一級の職人だったのだ。かつては、フライボルグ大学の学者たちから、学術論文を印刷する仕事がひっきりなしに来ていた。ところが、国王がカバルスを宰相《さいしょう》に任命してからというもの、この仕事がとだえてしまった。カバルスの命令で、すべての出版物には政府の事前の許可が必要となったのだ。植物学の論文でさえ、何か政府に楯突《たてつ》くことが書かれていないかと、うたがいの目で検閲《けんえつ》されるようになった。せいぜい、町のお偉方《えらがた》たちの名刺《めいし》や、商店の請《せい》求書《きゅうしょ》といった小物を印刷するしか、仕事がなくなった。

それでもアントンは、ウェストマーク王国のほかの印刷業者にくらべれば、ましのほうだった。多くの印刷業者が逮捕《たいほ》され、中には、絞首刑《こうしゅけい》になった者もいる。そういう意味では、恵《めぐ》まれているほうだったのだ。

見習い工のテオはというと、正義を愛し不正を憎《にく》み、そしていつも、少しばかり腹をすかせていた。腹をすかせているという点をのぞけば、まずまず幸せな少年だったと言えるだろう。

早春のある日、アントン親方は商売上の用件で外出した。一人残されたテオは、まじめに働き、夕方までには、活字台の掃除《そうじ》や整頓《せいとん》、その他いろいろな雑用も全部片づけた。そろそろ店を閉めようかと思っているとき、客がやってきた。ひどく小柄《こがら》なので、最初は子どもかと思った。が、よく見ると大人だった。軍鶏《しゃも》みたいに胸を張って入ってきた。乗馬用ジャケットを着ているが、裾《すそ》が靴《くつ》のかかとにとどいている。やけに大きな三角帽《ぼう》を横っちょにかぶっている。

この男、帽子《ぼうし》もふくめて、テオの上着の真ん中のボタンほどの高さしかない。ふんぞり返って、自分より背の高い男が五、六人は立てるほどの場所を、一人で占拠《せんきょ》した。

背が高かろうが低かろうが、お客さまは大歓迎《だいかんげい》だ。しかし、テオが、いらっしゃいませ、とも、何のご用で、とも言わないうちに、男は、インク壺《つぼ》をのぞきこんだり、木製ケースをがたがた揺《ゆ》すったり、印刷用紙をいじくったり、印刷機をじろじろながめたり、せわしないことおびただしい。ようやく落ち着くと、両手の親指をチョッキに突《つ》っこみ、半分ウシガエルみたいな半分バスドラムみたいな声で、「マスケット！」と、うなった。

テオは、わけがわからず、ただ見つめるばかりだった。小男は、指をパチリと鳴らした。

「マスケット！　それが、おいらの名前なのさ」

そう言って、じれったそうに首を振《ふ》っている。まるで、そんなことは、自分が話さなくても、当然知っているべきだと言いたそうなようす。それから、片手を伸《の》ばして店の中をぐるりと指さし、「この地区、アパー・ディズマルという名だったかな。ともかく、あんたは、ここでただ一人の印刷屋らしいな？」

「いや」テオは口を開いた。「実を言うと――」

「言うな」

「ぼくの言いたいのは、ぼくは印刷屋じゃないということです。ぼくは見習い工なんです」

「じゃ、偉《えら》い見習い工だ。おいらの目に狂《くる》いはない」マスケットは切り返した。「あんたはやってくれる。やらなくちゃならないんだ」

そう言うなり、さっと帽子をとった。真っ赤な髪《かみ》の毛が、ばさりと垂れ下がる。帽子の中に手を突っこみ、数枚の紙をとりだした。細かい字がびっしりと書きこまれている。小男はそれをカウンターの上にほうった。

ちらりと見ただけで、テオは、論文かパンフレットの原稿《げんこう》だな、と思った。

「印刷したいんだ。きれいにたのむ。やっつけ仕事はだめだよ。アブサロム博士のご注文だ。なにしろ世界的な名士だからね。あんたも名前を聞いたことはあるはずだ」

聞いたことありません、とテオは言った。でも、ぼくはドルニングから一度も出たことがないから……とも付け加えた。

小男は、あわれみのまなざしでテオを見た。「その年になってかい？　この穴倉みたいなところからかい？　まるで井《い》の中の蛙《かわず》じゃないか？」

それから、「パンフレットをつくってほしい」と用件を切り出した。作成部数、版型、用紙の質、等々、高名なアブサロム博士ご要望の条件のひとつひとつを、指を折り曲げながら並べ立てていった。

小さな男の持ってきた話は、大きな仕事だった。店がこの一年に受けた注文を全部合わせたよりも大きそうだ。いったいどのくらいの金額になるだろう。テオが頭の中で計算しはじめたとき、マスケットがその手間をはぶいてくれた。自分から支払《しはら》い額を口にしたのだ。かなりの額だった。というより、信じられないほどの額だった。が、次の瞬間《しゅんかん》、テオはがっくりした。

「明日、いちばんでほしいんだ」と、マスケットが言ったのだ。

「明日だって？　それは無理です。時間がありません」

「イエスかノーか、だ。明日か、それともゼロか、だ」小男は精いっぱい背伸《せの》びをして、ゆらゆらと体を揺《ゆ》らしている。

テオはあせった。どうしたらいいだろう。こんないい話を断わるわけにはいかない。アントン親方は一流の職人だ。二人して、夜を徹《てっ》して猛《もう》スピードでやれば、できないことではない。何とか、ぎりぎりで間に合うかもしれない。しかし、決めるのはアントン親方だ。テオは、これまで一度も、自分で注文を引き受けたことはない。

「で、どうするんだ？」マスケットがせっついた。

「引き受けましょう。昼までにやります」そう口走っていた。

小男は指を突《つ》きつけた。「九時だ」

テオは少し声を詰《つ》まらせながら、「九時までに」

「よし、決まった！」マスケットは、帽子《ぼうし》のてっぺんをぽんとたたいて、ドアに向かった。「おいらが取りに来るよ」

一瞬《いっしゅん》も無駄《むだ》にはできなかった。アントン親方は大喜びするだろう――それとも、守れもしない約束をしたことで腹を立てるだろうか。アントンはつねづねテオに、いったん約束したらぜったいにたがえてはならない、と教えていた。

マスケットが立ち去るやいなや、テオは原稿《げんこう》を読みはじめた。うまく段取りをつけるには、まず、何が書いてあるかを知らなくてはならない。

原稿の中で、アブサロム博士は誇《ほこ》らしげにまくしたてていた。彼は、磁力《じりょく》を発することもできれば、催眠術《さいみんじゅつ》を使うこともできる。永遠の若さを保つ秘法も知っている。さらに、イボや痛風《つうふう》、胆石《たんせき》、できもの、その他、人間を苦しめるもろもろの病いを、低廉《ていれん》な謝礼で治療《ちりょう》することもできる……。

たしかにアブサロム博士が書いたものだろう。本人でなければ、こんなに褒《ほ》めちぎることなどできるものではない。ずいぶんいいかげんなことが書いてあるな、とテオは思った。彼は、アントン親方の倉庫に保管されている印刷製品――つまり書物――を片っぱしから読んでいたので、法律、科学、自然哲学《てつがく》にかなり通じている。学校に行ったことはないが、フライボルグ大学の学識ある教授たちから教えを受けたと同じだった。この自称《じしょう》〝博士〟のことを教授たちがどう言うかは、見当がついた。

しかし、あの小男の出現は、テオには新鮮《しんせん》な衝撃《しょうげき》だった。マスケットは、テオの持つすべての知識を超越《ちょうえつ》した世界から、風のように飛びこんできたのだ。テオは、思わず知らず、その世界に引きこまれた。そして半ば信じた。こんなもの信じちゃだめだぞ、と、心のすみで常識が忠告していたが、それを無視した。

アントンがもどったのは、夜になってからだった。テオはまだ、活字ケースと取り組んでいた。仕事を中断したのは、ろうそくをつけたときだけ。せっせと手を動かして、入り組んだ木製の仕切りの中から活字をひとつひとつ拾い出し、別の手に持つ植字盆《しょくじぼん》に落としこんでいく。床板《ゆかいた》を踏《ふ》む靴音《くつおと》を聞いてわれに帰り、仕事をやめて駆《か》けてゆき、親方を迎《むか》えた。アントンは、疲《つか》れたようすでコートを脱《ぬ》いでいた。

いつもは陽気なアントンが、いまは土色のむくんだ顔をしている。テオは、一刻も早く吉報《きっぽう》を伝えたかったが、あとにすることにした。そのほうが喜びも大きいだろう。腹が減ったでしょう、ヒラ豆でもあたためましょうか、と親方に言った。

「いや、ありがたいが、要《い》らないよ。何も食う気がしないんだ。あの公証人のやつ、とんでもない野郎《やろう》だ。まだ払《はら》ってもらっていない印刷代金の催促《さいそく》に行ったんだが、おれをさんざん待たせておいて、自分は、あったかい夕飯に舌鼓《したつづみ》だ。やっと出てきたかと思うと、こうぬかした。また催促に来たら、法の裁《さば》きを受けさせるぞ、と」

「そんなことできませんよ。法律はあなたの味方です。先方には支払《しはら》いの義務があります。ウェレックの『法律注解』にそう書いてあります。親方も知ってるでしょう。自分で印刷したんですから」

「そういう理屈《りくつ》が通ったのは、以前のこと。カバルスの時代になってからは、何もかも変わっちまったんだ。書物に何が書いてあろうと、現実の世界では通用しないのさ」

「アウグスティン国王は、頭がおかしくなったのかもしれません」テオは言った。「カバルスを取り立てるなんて、ましてや国家の最高の職務に任命するなんて」

「頭がおかしい？　そうだな、悲しみのあまり、そうなったのかもしれんな。王女を失い、しかも、そのあと一人も子どもが生まれないのだからな。もう六年もたつ。カロリーヌ王妃《おうひ》のほうは、王よりも、毅然《きぜん》として悲しみをこらえている。気の毒な話さ。あんなことがなければ、いい国王になっただろうに」

「たしかに、あのことが国王の心を打ちくだいてしまったんですね。悪いのはカバルスです」テオは言った。「カバルスは、いまや国王に代わって発言しています。いや、発言するというより、じっさいに悪事を行なっています。彼は勝手に、法律とは名ばかりの、正義のひとかけらもない法律をつくっている。ウェストマークの国のすべての印刷屋の息の根を止めようとしている。ちくしょう、あいつの息の根を止めてやりたい。ああ、ほんとに、だれかが、やつを――」

「そこまでだ」アントンは言った。「そういう話は聞きたくない。おれはおまえに、そんな考えは教えていないはずだぞ。もちろん、おれは正義のために戦う用意はある。おれの印刷機に手を掛《か》けるやつは覚悟《かくご》するがいい。おれが相手になってやるからな。しかしだな、おまえにもおれにも、ほかのだれにも、一人の人間が生きているべきか死ぬべきかを判断する資格はないのだ」

テオは、親方に向かってほほえんだ。「それは『法律大全』の一節ですね。ぼくはいま、それを読んでいるんです」

アントンはくすくす笑った。「そうか。よく勉強してるじゃないか。おれが留守のときは、そうやって時間をつぶしているのかね？　まあ、もっと悪い時間の使い方もあるからな。で、いまは何をしているんだ？　なんだか、せっせと働いているようだったが。いまは仕事はないはずだが」

テオは、もう抑《おさ》えられなかった。「あるんです。それも、すごく大きな仕事です」

口早に、一部始終を話した。咎《とが》めだてするどころか、アントンはたちまち明るい顔になった。テオの始めていた仕事のようすを見て、ぽんとテオの背中をたたき、かたわらに掛けてあるインクまみれのエプロンをつかんだ。

「よくやった！　おれでも、これほど手際《てぎわ》よくはできなかっただろうよ。さ、二人してやろう。

しゃかりきになってやれば、どうにか間に合うだろう。そのマスクラットとか何とかいう男の言った時間には」

アントンは、仕事場の中をせかせかと動きまわり、植字台や凸版台《とっぱんだい》やいろいろな道具をみな手元に集めて、仕事に取りかかった。テオも、大急ぎで仕事にもどった。すぐに、没頭《ぼっとう》してしまい、時間の観念がなくなった。町の時計塔《とう》の鐘《かね》の音さえ耳に入らなかった。アントンは、上気してインクだらけになって、印刷機の用意をととのえた。夜明けのだいぶ前に、彼らは最初の校正刷《こうせいずり》を印刷しはじめていた。

テオが一枚の校正刷を手にとったとき、ドンドンドン、ドアをたたく音がして、ぎくりとさせられた。最初、マスケットが約束の時間より早くパンフレットを取りに来たのかと思った。しかし、とほうもなく大きな音だった。どんなにいらだっていようと、あの小さな男にこんな音が出せるわけはない。

テオは玄関《げんかん》まで走った。そのとき、ドアが、めりめりと裂《さ》けて蝶番《ちょうつがい》からはずれ、こちらに倒《たお》れこんだ。制服を着た二人の男が入ってきて、テオを押《お》しのけた。

2 深夜の逃走《とうそう》

彼らは警察軍の兵士だった。緑色の上着と白い十字帯《クロスベルト》で、それとわかる。

テオはさっと両手を上げて身を守ろうとしたが、もう遅《おそ》い。兵士の一人は、マスケット銃《じゅう》（一八世紀初めから一九世紀中ごろまで使われた歩兵銃《ほへいじゅう》）を横ざまに振《ふ》るって、その銃床《じゅうしょう》をテオの肋骨《ろっこつ》にたたきこんだ。テオは体を折り曲げ、腹を押《お》さえて膝《ひざ》をついた。痛みで息が詰《つ》まりそうだ。その兵士は、ちらりとテオを見下ろした。悪意もなければ好奇心《こうきしん》もなく、まるで、つまらない家畜《かちく》の一種を見るようなまなざしだ。

三人目の男が店に入ってきた。きれいにひげを剃《そ》り、ダークグレーのマントを着て、曲がったつばのついた、丈《たけ》の高い帽子《ぼうし》をかぶっている。貿易商といっても市会議員といっても通用しそうな男だ。

二人の兵士はしゃちこばって、この男に敬礼した。

アントンは、印刷機用の塗《ぬ》り刷毛《ばけ》を振りまわしてとつぜんの乱入に抗議《こうぎ》していたが、三人目の男、つまり警察軍の将校はそ知らぬ顔だった。店の真ん中あたりで立ち止まると、飽《あ》き飽きしたような声で──同じ文句をあまり頻繁《ひんぱん》に使っているので、丸暗記してしまったらしいのだ──アントンに告げた。わが国のすべての印刷施設《しせつ》は、いまや国王陛下の命令により監察《かんさつ》の対象となっている……。

「その目的は、不法な出版物や犯罪的行為《こうい》を未然に防止し──」

通告の中身がわかってきたとき、アントンはげらげら笑い出した。「不法なだって？　犯罪的だって？　この国で何が犯罪的か教えてやろう。仕事がないことだよ！」

印刷屋は、真っ赤な顔で汗《あせ》びっしょりだった。

将校は、しばし彼をにらみつけたあと、作業台に歩み寄り、校正刷《こうせいずり》の一枚を手にとって、さっと目を通した。「このアブサロムというのは何者だ？　これを見たかぎりではペテン師らしいが、ペテン師の仮面に隠《かく》れて、何をたくらんでいるか知れたものではない。こいつのことをもっと調査すべきだな。そして印刷屋、おまえもだ」

将校は、校正刷をくるくると巻いて、マントの中にしまった。「こういうのが、おまえの好きな仕事なのか？」

「自分の気に入った仕事だけやっていたら、こちとらは飯の食いあげだよ」アントンは言い返した。「おれは印刷屋だ。自分の印刷するものを、ああだこうだと判断なんてしないんだよ」

「そのとおりだな」将校は言った。「それなら、これを印刷するための許可証を見せてもらおうか。おまえの印刷してきたほかのものの許可証もな」

アントンはテオをちらりと見て、「あー、それについては……」

テオは、いまようやく立ちあがったところだった。「今朝これからもらってきます」と、急いで言った。「役場が開きしだいに」

将校は両方の眉《まゆ》をぐいと上げた。「そうかそうか。するとおまえは、現時点では、何の許可証も持っていないことを認めるというのだな」

「このお客さんは遅《おそ》くなってやってきたんです」テオは言った。「役場は閉まっていました。彼はぜひともたのむと言うし。ほかに方法はなかったんです」

「それで法律を破ったわけだ。そうかそうか。状況《じょうきょう》はじゅうぶんに明白だ」

彼は、兵士たちに目くばせすると、印刷機に向かって顎《あご》をしゃくった。「それを取り壊《こわ》せ」

「やめてください」テオはさけんだ。「そんなの、めちゃくちゃです！　ぼくらは何も悪いことなんかしてない」

アントンは、この成り行きが信じられず、ただただ目を見開いていた。兵士たちは、マスケット銃《じゅう》を背中に背負うと印刷機に取りつき、力を合わせてひっくり返そうとした。アントンは、ほんの一瞬《いっしゅん》ためらっただけだった。大事な印刷機に手を掛《か》けているやつらを、ほうっておけるものか。

彼は飛びかかった。塗り刷毛《ばけ》を、手前にいた兵士の顔にたたきつけた。兵士は店のすみにふっとんで、目を回した。アントンは刷毛《はけ》を捨てると、もう一人の兵士に向き直り、組みつこうとしてそいつの十字帯《クロスベルト》をひっつかんだ。

兵士は身をよじって逃《に》げた。テオは走った。親方を助けなければならない。テオは見たのだ。将校がマントの下に手を突《つ》っこみ、ピストルをとりだし、大暴れしている印刷屋に狙《ねら》いを定めている……。

鉄の植字台のひとつが、作業台の上に置かれていた。テオはそれをつかみ、振《ふ》りあげた。ぐいとひねりを入れて、斜《なな》めに投げた。

植字台は宙を突進《とっしん》して、将校の頭の側面にぶちあたった。将校は、グーとひと声うめいて倒《たお》れこんだ。ピストルは発射されたものの、弾丸《だんがん》は床《ゆか》にめりこんだ。

片すみで倒れていた兵士は体を起こし、目からインクをこすりとろうとしている。もう一人のほうは、大あわてでマスケット銃をはずし、テオに向かって発射した。弾《たま》ははずれて、活字ケースのひとつを打ちくだいた。

テオは、どちらの発射音も耳に入らなかった。床に倒れている将校から目を離《はな》すことができなかった。将校の帽子《ぼうし》は取れて、作業台の下に転がっていた。将校の顔はしまりなくゆるみ、口はあんぐり開いていた。鼻から血が流れ出し、頰《ほお》にも赤い蜘蛛《くも》の巣が描《えが》き出されていた。

兵士はもたもたしながらも、また弾をこめ、今度こそ仕留めるぞとわめいた。それでも、テオは動かなかった。アントンがさけんでいた。言葉は耳にとどいたが、遠くかすかな声だった。何を言っているのか、わからなかった。

茫然《ぼうぜん》としたまま、テオは、アントンに押《お》されて店の外に出た。丸石の舗道《ほどう》の上を走った。足が機械的に動いていた。よろめくたびにアントンが後ろから支えてくれた。やがて、黒々とした影《かげ》のつづく路地が見えた。二人はそこにとびこんだ。

テオは、何度も何度も、あの男は死んだのかどうか聞いていた。アントンはそれには答えず、息をゼーゼー言わせながら走るばかりだった。多くの街路を走りぬけたあとで、アントンはようやく足を止めた。建物の壁《かべ》に片手をついて、体を安定させた。

「息ができやしねえ」あえぎながら言った。「おまえ――逃《に》げおおすんだ」首をぐいとひねって、「そっちへ行け。おれは別の通りに行く。別々になったほうが、チャンスがあるだろう」

テオは、まだあの出来事のことを考えていて、親方の言っていることがすぐには頭に入らなかった。背後の靴音《くつおと》がしだいに大きくなっている。

「逃げろ！」アントンはテオの襟首《えりくび》をつかむと、力まかせに押しこくった。テオは転がるようにして、反対方向の路地に走りこんだ。

振《ふ》り返ったときには、アントンのすがたは消えていた。テオは追いかけようとした。が、すぐに立ち止まった。アントンがどの通りに向かったのか、わからなかったのだ。暗闇《くらやみ》の中に火花が散り、パーンと一発、銃声《じゅうせい》が聞こえた。テオは夢中で前に走った。

彼は生まれてこのかた、ずっとドルニングで暮らしている。しかし、町はとつぜん変わっていた。見覚えのあるものは何ひとつなかった。暗くたたずむ家々は、どれも、彼がこれまで一度も見たことのないものばかりだった。時計塔《とう》の前に出ようと思い、見覚えがあるように思えた街路を歩きはじめたが、結局、そこにあるはずのない袋小路《ふくろこうじ》に入りこんでしまい、あわてて引き返した。

気がつくと、町の中心の広場に来ていた。どうやってここに到着《とうちゃく》したのか、さっぱりわからない。しかし、少なくとも、ここがどこかはわかっている。町いちばんの宿屋が彼の左手、広場のこちら側にある。その宿屋に向かって走った。もしかすると宿屋の厩舎《きゅうしゃ》の中に隠《かく》れられるかもしれない。宿屋の中庭に入る門は、この時間だから、かんぬきが掛《か》けられていた。振り返ったが、人影《ひとかげ》は見えない。跳躍《ちょうやく》して門の上の縁《ふち》をつかみ、よじのぼって飛び越《こ》えた。

宿屋の窓はみな暗かった。中庭を走りぬけて、厩舎に入りこんだ。ランタンが壁に掛かっている。しかし、厩舎係のボドおじさんのすがたは見えない。どこかでグーグー眠《ねむ》っているのか、それとも、そのうちにひょっこりあらわれるのか。

ようやく気持ちが落ち着き、はげしい動悸《どうき》がおさまってきた。すると、むしょうにアントンに出会いたくなった。親方とまた会いたい。それ以外のことは頭に浮《う》かばなかった。

気がつくと、厩舎の奥《おく》に、大型の幌《ほろ》馬車が一台、置かれていた。絶好の隠れ場所だと思った。

近寄ってドアの取っ手を回した。錠《じょう》はしてなかった。さっと開けて、入りこんだ。

テオがドアを閉める前に、びっくり箱の人形みたいに飛び出したものがいた。それは砲弾《ほうだん》さながらにテオの腹に激突《げきとつ》、テオは幌《ほろ》馬車の座席にしりもちをついた。

砲弾かと思ったのは、頭だった。その頭の下に体があり、その体には手足がふつうの数以上にあるみたいで、そのすべてがいっせいに動いて、テオを殴《なぐ》ったり蹴《け》ったりしている。次の瞬間《しゅんかん》、その頭が上を向き、顔が見えた。真正面からテオをにらみつけているその顔は、昨日の小男の顔だった。

3 ラス・ボンバス伯爵《はくしゃく》

「印刷屋のお兄さんじゃないか！」

マスケットはさけんだ。そうと知って安心したというより、よけいに腹が立ったかのような声だった。眠《ねむ》そうな赤い目が、怒《いか》りをたぎらせてまたたいている。シャツのボタンはかけてなく、ネッカチーフはゆがんで、昨日の気取ったようすはかけらもない。

「押《お》しこみ強盗《ごうとう》かと思ったよ。おいらの馬車の中で何をやってるんだい？」

「やつら、印刷機をぶっ壊《こわ》そうとしたんです」テオは口走った。自分の悩《なや》みごとで頭がいっぱいで、昨日の客に出くわしたことにおどろいているゆとりもない。「ぼくらを逮捕《たいほ》しようとしたんです」

「あんた、法に触《ふ》れることをやったのかい？」マスケットは目を細めてテオを見た。「何をやらかしたか知らないが、かかわり合いになるのは、ごめんだぜ。さあ出ろ！　出てってくれ！」

「お願いです——休ませて。どうしていいかわからないんです。親方は町のどこかにいる。やつらは親方を追ってるんです。親方だけじゃない、アブサロム博士も」

テオを幌《ほろ》馬車から出そうと力いっぱい押《お》しこくっていた小男が、テオの言葉の最後の部分を聞いたとたん、力をぬいた。

「そこにすわってろ」と、命令口調で言った。「出ていくんじゃないぞ」

マスケットは靴《くつ》をはき、転がるようにして幌馬車を降りると、中庭を球っころのように走って宿屋の本館に向かった。

一人になって、テオは考えをまとめようとした。なぜ、親方についていかなかったのか、なぜ、あくまで親方を探さなかったのか。自分に腹が立ち、自分を呪《のろ》った。頭をかかえ、目を閉じた。しかし、まぶたに浮《う》かぶのは、またしても、あの警察軍将校の蒼白《そうはく》な顔だった。

マスケットがもどってきた。小男のすぐ後ろに太った男が突《つ》っ立っていて、もぞもぞと、シャツの裾《すそ》を乗馬ズボンに押しこんでいる。

テオは幌馬車から降りた。「アブサロム博士ですか？」

肥満男は首を振《ふ》った。赤ん坊《ぼう》のまま大きくなったような、ふくよかな目鼻立ち。しかし、口ひげは黒く豊かで、威風《いふう》堂々たるものだ。

「これは初めてお目にかかる。どうぞよろしく。何か重要な情報をお持ちだとか——。我輩《わがはい》は、ラス・ボンバス伯爵《はくしゃく》と申す者」

テオは、マスケットに言った。「アブサロム博士を呼びに行ったんじゃなかったの？」

「差し迫《せま》った状況《じょうきょう》においては、名前などどうでもよろしい。そんなことにこだわっていたら、事態が混乱するだけだ」伯爵は片手をひらりと振って、テオの質問を払《はら》いのけた。「御者《ぎょしゃ》の話によると、あんたは何か窮地《きゅうち》におちいっていたとか。そして〝アブサロム〟という名前が、何と言うか、その、会話の中に出てきたというではないか？」

テオは、一部始終を語りはじめた。ラス・ボンバスは、しきりと相槌《あいづち》を打って話をうながし、ときどきは話を中断させて、細かいところをくり返し語らせた。

「その将校は、校正刷《こうせいずり》を一枚とって、マントに入れたというんだな？」

テオはうなずいた。「アブサロム博士のことをペテン師だと言い、博士のことをもっと調査したいと言ったんです。それから、あいつはピストルをぬいた。それで、ぼくは——ああ、ぼくは彼を殺したに違《ちが》いない。でも、ぜったい、あれは事故だったんだ」

「たとえ意図的にやったとしても、天はお助けくださるものだよ」ラス・ボンバスは言った。「それで二人の兵士だが、彼らは将校の言葉を聞いたのかね？」

「聞いたでしょう。その場にいたんですから」

「とすれば、うたがいもなくそれを報告するだろうな。たとえ彼らの上官たるその将校が、その、何と言うか、この世の者でなくなったとしても」

「覚えていれば報告するでしょう」テオは言った。「ずいぶんいろんなことが起きたから、もしかすると忘れたかもしれませんが」

「忘れてもらいたいことは、つねに記憶《きおく》されているものだ」ラス・ボンバスは言った。「ともかく、最悪の事態を予想しておくほうがいい。経験と知恵《ちえ》の教えるところにしたがって、アブサロム博士は即刻《そっこく》この町を立ち去ることになる。それで、お若いの、あんたは、自分の身を守るために何をするつもりだね？」

テオは、同じ質問をくり返し自分に問いかけていたところだった。「すべては間違《まちが》いから起きたことです。間違いを正さなければなりません。だから警察に行きます。ドルニングの警察署に」

「警察に？」ラス・ボンバスはテオを見つめた。「警察が間違いを正してくれるような場所だと思っているのかね？」

「ほかに何ができますか？　ぼくの親方は牢屋《ろうや》に入れられているかもしれないんです。でも、連中が何の大義名分もなく入りこんできたんです。親方もぼくも、何ひとつ悪いことをしちゃあいない。ぼくはあの将校に、何の危害もあたえる気はなかった」

「親愛なる若者よ、だれがそれを信じるのかね？」

「だって、それが事実なんです。信じてもらうしかありません」

「何も信じないというのが警察の基本理念なのだよ」ラス・ボンバス伯爵《はくしゃく》はため息をつき、頰《ほお》をふくらませた。「あんたの義務感は見上げたものだ。しかし我輩《わがはい》は、それに付き合う気持ちはまったくない。マスケットと我輩は、ただちに出発する」

じっさい、マスケットはさっきから、衣類を、やわらかい旅行ケースの中にせっせと詰《つ》めこんでいた。ラス・ボンバスは、もっと急ぐんだと小男をせきたて、それからテオに向かって手をひらりと振《ふ》った。

「さらばだ。きみのおちいった困難に満足のいく解決があることを願っているよ。むずかしいとは思うがね」

あわただしく荷造りする二人と別れて、テオは中庭を突《つ》っ切り、門のかんぬきを引いて通りに出た。厩舎《きゅうしゃ》の中ではあれほど確固としていた決意が、いまや、だいぶ揺《ゆ》らいでしまい、テオは不安にさいなまれていた。もしかすると、伯爵の言ったとおりかもしれない。事態はますます悪くなるんじゃないだろうか。彼の決意は、さっきまでは、唯一《ゆいいつ》のりっぱな方法に思えた。しかしいま、それは心を励《はげ》ますどころか、心を重く暗くしていた。テオは歯を食いしばり、警察署に向かって歩き出した。

いくらも行かないうちに、警察官を見かけた。ドルニングの町の警察署員の一人が、とある路地の角に、ランタンを持って立っている。テオは声をかけて、彼に近づいた。警官はちらりとこちらを見るなり、反対方向に駆《か》け出した。ついさっきまで夜の街路をさんざん追いかけられてきたのに、今度は向こうが逃《に》げ出す。いったい、どういうことだ。首をひねりながら、テオは、逃げる警官を追いかけた。

やっと追いついた。ポーンという警官だった。ポーンとは、物心ついて以来の顔なじみだ。ポーンはすぐ、ランタンを暗くした。いつもはおだやかなポーンが、目をぎらつかせてテオに食ってかかった。

「ここで何をやってるんだ？　町じゅう、草の根を掻《か》き分けてもあんたを探し出せ、という命令が出ているんだぞ」

「それで、あんたはぼくを見つけたわけだ。でも、ぼくは警察署に行くとちゅうなんだよ。アントンはどこ？　そしてあの将校は？　ぼくはあいつを――あいつ、生きてる？」

「頭に怪我《けが》をした。でも治るはずだ」

「ああよかった。で、親方はどうなった？」

「ひどい世の中になったもんだ」ポーンはテオの腕《うで》をつかんだ。「ドルニングはもう、あんたのいるところじゃないんだ」

「ぼくは警察で説明したいんだ。あれはぼくの責任だった。アントン親方が責められるのは筋違《すじちが》いなんだよ」

「アントンは死んだ」ポーンはさけんだ。「通りで射殺された。連中は、今度はあんたを追っている」

テオは目を見開いた。頭がぼーっとなった。細長い氷の破片が喉《のど》にひっかかり、息を詰《つ》まらせ、体を引き裂《さ》くかのようだった。ポーンが荒々《あらあら》しく揺《ゆ》すった。

「いいか、よく聞け！　あんたを捕《つか》まえろという命令が出ている。あんたに頭を割られたあの将校は、警察軍の総本部直属の警部さまだった。だから、あれは国家的問題なんだ。地方のささいな事件ではない。おれたちには、あんたを救えない。あんたには、アントンを救えない。あんたは見つけしだい投獄《とうごく》される」

ポーンは早口でつづけた。「しかし、おれとあんたが出会ったことはだれも知らない。だから、ひとり言を言うんだが、おれたちは、あんたが町で見つからなければ、川の西側の森を捜索《そうさく》することになっている。お尋《たず》ね者は決まってあの森に逃《に》げこむからな。やつらは決して、ふつうの道路には寄りつかない。天下の公道だって？　お尋ね者がそんなところを通るはずがない。警察としては、街道なんかを探して時間を無駄《むだ》にするわけにゃいかないんだ。え？　え？　おれの言ってること、わかるかい？」

言い終わると、ポーンはくるりと回れ右をして、テオから離《はな》れた。ランタンで路地のすみずみや家々の玄関口《げんかんぐち》を照らし、いかにも、お尋ね者を熱心に捜索しているというようすで、遠ざかっていった。

テオは、茫然《ぼうぜん》として立ちつくしていた。ポーンから聞いた話がばらばらの断片となって、頭の中を駆《か》けめぐっている。ひどい話だ。道理もない、正義もない。あるのは無法だけ。怒《いか》りが体の奥《おく》からふつふつと湧《わ》きあがってくる。ポーンの忠告を無視して、ここにとどまり、自分をこんな目にあわせた者と対決したい。アントン親方は何の罪もおかしていない。ぼくもそうだ。それなのに、親方の家――自分にとってのただひとつの家――を離《はな》れ、書物と、仕事と、別れなければならないとは……。その一方で、テオは胸を締《し》めつけられるような感覚とともに気づいていた。そうしたものは、すべて、とつぜん、崩《くず》れ去ってしまったのだということを。

重い心で、しぶしぶと向きを変え、無理やり足を動かして、町の東方向に向かった。空が白んできていた。ひきちぎったような靄《もや》のかたまりがいくつか、ふわりふわりと、ドルニングの町をとりまく野菜畑の上をただよっていた。農家の庭で雄鶏《おんどり》が朝を告げた。急がなくてはならない。足を速めて、新しく耕されたばかりの畑を突《つ》っ切った。この方角に行けばいずれ街道にぶつかるはずだと、頭のすみでぼんやり考えていた。

いまになって初めて、悲しみがずっしりとのしかかってきた。それだけでなく、まだ何かがあった。泣いても取れない目の中のゴミのように、心の裏側に引っかかって離れようとしない何かがあった。

それについて考えることもできず、といって、考えないでいることもできなかった。もう、それに耐《た》えることができなくなった。結局、認めざるを得なかった。ぼくは、自分自身から隠《かく》れていたのだ、あれを忘れることを願っていたのだ。

あの植字台は、勝手にすべったのでも旋回《せんかい》したのでもない。あれは事故ではなかった。生まれてこのかた、怒《おこ》って手を上げたことは一度もなかった。しかしあの瞬間《しゅんかん》、世界じゅうのいかなることにもまして、ぼくはあの男を殺したかったのだった。

あのときまで、テオは、自分の善良さを信じていた。自分は親切な、誠実な人間だと思っていた。しかし、あの血みどろの顔が目の前に浮《う》かびあがった。胃袋《いぶくろ》がけいれんし、テオは体をかがめた。もどしそうだった。しばらく地べたにしゃがみ、両膝《ひざ》に頭を押《お》しつけていた。ありとあらゆるやり方で、彼は誓《ちか》った。もう二度とあんなことはしないぞ、もう二度とあんなことはしないぞ……。

ようやく立ちあがった。街道は畑のすぐ向こうを走っていた。テオはそれに向かって歩き出した。振《ふ》り返らなかった。振り返りたくもなかった。

4 すばらしいトレビゾニア人

　太陽がだいぶ高くなっていた。ドルニングの東に横たわる平地一帯に日光がみなぎり、朝霧《あさぎり》は消え去っていた。まだ数マイルしか歩いていないはずなのに、テオは疲《つか》れきっていた。これまで一人の旅人とも出会っていない。それがありがたかった。旅人と出会って、自分がどこの何者かという話をかわすことになる。それだけは、ごめんだった。

　彼はすでに、一人の男に暴力を振《ふ》るっている。嘘《うそ》をつくことは、真実にたいして暴力を振るうことだ。そんなことをして罪を重ねたくない。彼はこれまで、一度も嘘をついたことがなかった。こんな身の上になったからには、遅《おそ》かれ早かれ、とほうもない嘘をつくことにならざるを得ないだろう。せめて、その瞬間《しゅんかん》を、できるだけ遠くの将来へ先送りしたかった。

　そのためには、道路から離《はな》れて移動したほうが賢明《けんめい》かもしれないな、と考えはじめたとき、一頭の馬が、こちらに向かってトコトコやってくるのが目に入った。灰色斑《まだら》の雌馬《めすうま》で、馬具《ばぐ》の革紐《かわひも》を引きずっている。ヒヒーンといななき、首を振りたてたが、テオが手綱《たづな》をつかまえて停止させても、別に暴れたりせず、されるがままになっていた。明らかに持ち主のいる馬だ。しかし、疲れきったテオは、そんなことを気にしていられなかった。

「じっとしてくれよ、お姉さん。あんたがだれに飼われているのかは知らないが――ごめんよ。ぼくはもうお尋《たず》ね者だ」苦い気持ちで付け加えた。「このうえ馬泥棒《どろぼう》になったって、どうってことないのさ」

馬の背にとびつき、やっとこさ、またがった。犯罪者ぶるのも慣れていなかったが、それと同じくらい、乗馬も不慣れだった。それでも、何とか馬を東に向けて出発させることができた。ささやかな幸運に、にんまりしていた。

その幸運が、一マイルと進まないうちにテオを傷つけた。足がひきつり、股《また》ぐらが痛くてたまらなくなった。ついに馬を降りて歩いた。馬は、あとをついてくる。親しそうに彼のうなじに息を吹《ふ》きかけ、彼の歩みがのろくなると、そっと鼻面で押《お》してせきたてるのだった。

ふつうは人間が馬をせきたてるものなのに、これではあべこべだ。バカバカしくなって馬と別れようと思い、その方法を思案しているうちに、道路の前方、曲がり角のところに、一台の幌《ほろ》馬車が見えた。道路から飛び出しかけたみたいに、草の茂《しげ》った路肩《ろかた》に停止している。ドアはみな開いて、荷物がいくつか地面に散らばっている。馬のいるべき轅《ながえ》と轅のあいだは空っぽだ。

御者台《ぎょしゃ》の上にちょこんと載《の》っかっているのは、例の小男だった。短く太い陶製《とうせい》パイプをくわえている。ラス・ボンバス伯爵《はくしゃく》は、道ばたの丸石に腰《こし》を下ろしている。上着を脱《ぬ》いで汗《あせ》みずく、むっつりした表情だ。

テオを見ると、小男は、アクロバット芸人みたいな身振《みぶ》りで飛び降りた。「ほら、言ったとおりでしょうが。彼女、かならず帰ってくるんです。もしあんたがバカみたいに追いまわさずに、自由にさせておけば、彼女は、そもそも逃《に》げ出したりなどしなかったんですよ」

ラス・ボンバスは、どっこいしょと立ちあがり、テオに会釈《えしゃく》した。「この恩知らずの動物を見つけてくれたことで、あんたにお礼を言わなければならんな。それから――あんた、考えを変えて警察には出頭しなかったんだな？　いや、大いに思慮《しりょ》深いことだ」

「行くつもりでした」言いはじめて、テオは口ごもった。口にするのがいやだった。言葉にしてしまうと、もう取り返しがつかなくなるような気がしたのだ。「でも、でも――やつらはぼくの親方を殺したんです」

「それは気の毒に。ひどい話だな。それで、あんたはどうなったのだ？」

「逮捕状《たいほじょう》が出ています。ぼくは逃げるしかないんです。でも、あの将校、総本部直属の警部は、生きています」

「そして、うたがいもなく、われわれよりも安楽な環境《かんきょう》にいるわけだな。いやまったく、このあたりの道路の悪さと言ったら――おかげで、車輪がひとつはずれてしまった。そこへもってきて、マスケットのやつが、うっかりして我輩《わがはい》の馬を――フリスカ！　フリスカ！　やめてくれ！」

　最後の部分は、馬にたいするさけびだった。馬のフリスカが、後ろからラス・ボンバスを軽く嚙《か》んでいたのだ。伯爵は安全な場所に移り、マスケットは馬を引いていって轅《ながえ》につないだ。

「民間の馬だから礼儀《れいぎ》というものを知らない」伯爵は説明した。「サラマンカ槍騎兵《そうきへい》連隊に勤務していたころ乗っておった軍馬とは、大違《おおちが》いだ」

　テオは、幌《ほろ》馬車のそばに積みあげられたものに気づいていた。なんだか人間の腕《うで》や足みたいだ。いったい何なのだろう。テオは、いぶかしそうな目つきでながめた。

「ああ、あれか」ラス・ボンバスは言った。「まるで本物みたいだろう？　すばらしい出来栄えだ」腕のようなもののひとつを取りあげて、テオに見せた。中は空っぽで、軽いやわらかな木の枠《わく》の上に、色を塗《ぬ》った布が貼《は》りつけてある。「これが、しばしば我輩の商売の役に立つ。いや、時には、なくてはならん道具になるんだよ」

「でも、あのパンフレットによると、あなたはお医者さんなのでは？」

「必要な場合には、医者にもなるのさ。我輩は、全生涯《ぜんしょうがい》を通じて、さまざまな研究にいそしんできた。大アルカナ国においてデルフォイの謎《なぞ》の奥義《おうぎ》をきわめ、トレビゾニア王国において王子殿下《でんか》の教育顧問《こもん》をつとめ、さらに、偉大《いだい》なコプタ行者《ぎょうじゃ》ご本人から、死者の霊魂《れいこん》を呼びもどす術を伝授された――死者の霊魂がよみがえるには、当然ながら、生者からの適切な量の援助《えんじょ》が必要なのだからね」

「つまり」テオは言った。「あなたは、ぜんぜん、お医者さんじゃない」

「そんな狭《せま》い考えを持ってはいけない」伯爵《はくしゃく》は答えた。「いいかね、我輩《わがはい》は、磁気をあたえた水を飲ませることで、病いに苦しむ人たちを救ってきた。お偉《えら》い外科医たちは、メスを振《ふ》りまわして手術をしたり蛭《ひる》に血を吸わせたりだが、我輩のやり方はそれ以上の効《き》き目があるのだ。わけのわからぬ理由によって、かたくなに我輩の診療《しんりょう》を受けようとしない者もいるがね。しかし、たとえ我輩が人々の病いを治さなかったとしても、少なくとも我輩は、人々に害をあたえてはいない。これは大事なことだぞ。学識にあふれた、お偉いヤブ医者たちにかかったら、そうはいかない。連中は、病人を殺しちまうことだってあるんだ」

伯爵はポケットに手を入れた。「我輩にははっきりとわかるんだが、あんたは、いまこの瞬間《しゅんかん》、頭痛に苦しんでいる。どうだね？」

テオの頭は、事実、朝からずっとガンガンしていた。それを言うと、ラス・ボンバスは深くうなずき、「聞かなくても我輩にはわかっていたよ」

手を開いて、卵ほどの大きさの黒い石ころを見せた。「若者くんよ。これは、同じ重さの金塊《きんかい》以上の値打ちがある。カザナスタン王国にあるかの有名なムーン・マウンテンで採《と》れる、とてつもなく貴重な石なんだ。我輩がこれをあんたの額《ひたい》に触《ふ》れるだけでよい——こうやって。あんたの頭痛は消えてしまう」

ピューッ。マスケットの口笛が伯爵の言葉をさえぎった。伯爵は向きを変え、小男の指さす街道のかなたに目をこらした。テオは緊張《きんちょう》した。王国騎兵《きへい》隊の一隊がこちらに向かって進んでくる。

「逃《に》げるんだ」ラス・ボンバスは命令した。「いや、いや――それだと連中に怪《あや》しまれる。ここはひとつ、ハッタリと厚かましさで切りぬけよう」

ラス・ボンバスはあわてて衣類の山を掻《か》きまわし、目当ての服を探し出すと、テオに投げてよこした。「馬車の陰《かげ》に行ってこれを着るんだ。何か質問されたら、わたしはトレビゾニア人だと言うんだぞ」

「ぼく、トレビゾニア語は話せません」

「連中だって話せやしないさ。ま、いいだろう。あんたは口のきけないトレビゾニア人だ。それで行こう。ひと言もしゃべるんじゃないぞ。さ、我輩の言うとおりにしたまえ」

テオは幌《ほろ》馬車の裏側に行き、服を着た。長い、縞《しま》模様のあるローブで、もう何年も洗濯《せんたく》されていないらしく、ひどいにおいがする。それから、飾《かざ》り房《ぶさ》のついた高い筒型《つつがた》の帽子《ぼうし》をかぶった。

騎兵隊は停止した。先頭に立っていた大尉《たいい》は馬首をめぐらし、用心深いまなざしで幌馬車を見つめた。いっとき幌の中に入っていたラス・ボンバス伯爵が、いま外に出てきて、大尉と顔を付き合わせた。燦然《さんぜん》とかがやく金モールつきの将軍用軍服を着こんでいる。胸には、隙間《すきま》もなく勲《くん》章《しょう》が吊《つ》り下げられて、ぎらぎら光っている。

「何事だ?」伯爵《はくしゃく》が一喝《いっかつ》すると、大尉《たいい》は馬から飛び降り、しゃちこばって挙手の礼をした。

「申しあげます。たいしたことではありません、閣下」大尉は、伯爵の軍服と同じくらい真っ赤になった。「お騒《さわ》がせしたことをお許しください。われわれは兵舎にもどるとちゅうでありますが、道中、警戒《けいかい》をおこたらないようにとの命令を受けました。法律にそむいた逃亡者《とうぼうしゃ》が、なんでも印刷屋の見習い工だということですが——」

「何?何?」ラス・ボンバスはさけんだ。「もごもご言ってたんじゃわからんぞ。はっきり言え!ものを言うときは、ちゃんと相手の目を見ろ!」

「逃亡者が——」騎兵《きへい》隊長は言った。「大罪をおかして指名手配されているのです」

「なぜ最初にそう言わんのだ?」ラス・ボンバスは隊長をにらみつけた。「ともかく、ここにそんな者がいると思うかね?我輩《わがはい》はサンバロ将軍。国王陛下の密命を受けて特別任務を遂行《すいこう》中である」

「申しあげます、閣下。本官は、さきほどこの幌《ほろ》馬車の近くに人影《ひとかげ》を見たのですが」

「我輩の従者のことか?」伯爵はテオに向けて顎《あご》をしゃくった。「この男か?見てのとおりトレビゾニア人だ。どう見たって見習い工ではない。だいいち、しゃべれない。ただ、うなるだけだ。我輩はこの前の戦役《せんえき》でこいつの命を救ってやった。以来、こいつは我輩に忠誠を誓《ちか》っているのだ」

大尉はテオをじっと見つめた。ラス・ボンバスはつづけた。

「忠実な生き物さ——こういう野蛮人《やばんじん》でも信用してやればこうなるのだ。見た目にはそう見えないだろうが、牡牛《おうし》のように頑健《がんけん》だ。かわいそうなことに、相当オツムがおかしい。ふだんは借りてきた猫《ねこ》みたいだが、馬に乗った将校に出会うと、とつぜん荒《あ》れ狂《くる》う。そうなると、我輩でも抑《おさ》えられないのだ」

伯爵の言葉に反応して、テオはうなり声をたて歯をむき出し、思いっきり凶暴《きょうぼう》そうな顔つきをしてみせた。自分でも恐《おそ》ろしかった。頭のすみで、ぼくは何という大バカ者なのだろうと思っていた。

「この男が我輩の元副官にやったことを見せたかったたな」ラス・ボンバスは重々しく首を振《ふ》った。

「トレビゾニア人ってやつらは、まともに喉《のど》に食らいつくんだ」

騎兵隊長は気を付けの姿勢で立っていたが、内心、逃《に》げ出したくてたまらないらしかった。ラス・ボンバスは隊長をしげしげと見つめ、すぐには思いどおりにさせないつもりのようだった。

「きみ、金《かね》を持っているかな？」

大尉は目をぱちくりさせた。「は？」

「持っているなら、悪いことは言わない。それをただちに彼にあたえなさい。金は鎮静《ちんせい》作用をもたらす。トレビゾニア人は、金の提供を友情のしるしと見なすのだ」

大尉は、上着から何枚かの銀貨と一枚の金貨をつかみ出し、テオに向かって投げた。ラス・ボンバスは、それでよし、というふうにうなずいた。

「これでしばらくだいじょうぶだ。長い時間ではない。たいした額じゃないからな。きみは、きみの義務を続行したまえ。逃亡者探索《とうぼうしゃたんさく》の義務は我輩《わがはい》が引き受ける。下がってよし！」

隊長は、大あわてで締《し》まりのない敬礼をすると、馬に飛び乗り、部下たちのところに駆《か》けもどった。「出発！　あとにつづけ！」とひと声さけんで、全速力で走り去った。

ラス・ボンバスは、騎兵《きへい》隊が完全に見えなくなるのを見とどけると、テオに向かい、満足そうにほほえんだ。「いやいや、すばらしいトレビゾニア人ぶりだったぞ。一瞬《いっしゅん》、あんたがほんとにやつに食らいつくんじゃないかと思ったよ」

「おまけに、金貨までせしめた」マスケットも言った。「濡《ぬ》れ手で粟《あわ》だよ」

「そうだ。あんたの功績だぞ、若者くん」ラス・ボンバスは言った。「しかし、危機一髪《いっぱつ》でもあった。正直言って、我輩も少しばかり冷や汗《あせ》をかいた。どうだね、しばらくわれわれの仲間入りをしないか。あんた自身の安全のためでもあるし、同時に――いまひょいと思いついたのだが――我輩としても、若い利発な助手を使えるというわけだ。そのほか、いろいろな可能性が生まれてくるはずだ。賃金については、まあ、追い追い相談することにしよう」

「ありがとうございます。でも、ただ――」

テオはためらった。いままで、彼は、自分がドルニングの町の外で生きることなど想像したこともなかった。そんなことが起こりうるはずは、なかったのだ。しかし、アントン親方が死に、宿無《やどな》しとなってしまったいま、テオのいちばんよい生き方は、一ヵ所にとどまらず、移動しつづけることだった。そういう生き方をするのかと思うと、胸がおどった。経験したことがないだけに、いっそうわくわくすることでもあった。

「悪い話じゃないと思うぞ」伯爵《はくしゃく》は言った。「あんたにとってはまったく新しい職業だけどな」

伯爵の職業──それは、まったくのイカサマだ。ラス・ボンバスはペテン師だ。しかも始末の悪いことに、それを誇《ほこ》りに思っている……。それをわかっていながら、それでも、すべての理性に反して、書物で得たすべての知識、アントンから学んだすべての教訓に反して、テオは、このペテン師を好きにならずにいられないのだった。

「いいでしょう」テオはようやく言った。「ぼくも連れていってください」

「それでよし！」伯爵はさけんだ。「荷物をまとめて、出発だ。あんたのやるべきことは、マスケットが話してくれるだろう」

作り物の手足のたぐいやその他の荷物が積みこまれると、ラス・ボンバスは、巨体《きょたい》を幌《ほろ》の中にもぐりこませた。テオは御者席《ぎょしゃ》によじのぼり、マスケットと並んですわった。小男は、舌をポンと鳴らすと手綱《たづな》を振《ふ》るってフリスカを打ち、走り出させた。

息を呑《の》むほどのスピードだった。短い足をまっすぐ突《つ》き出し、帽子《ぼうし》を額《ひたい》まで下げて、目をぎらつかせ、まるで〈魔物《まもの》御者〉だった。テオは命のちぢむ思いで席にしがみついていた。幌馬車ははげしく揺《ゆ》れながら突進《とっしん》した。風が耳の中でヒューヒュー鳴った。どこへ向かっているのか、テオには見当もつかなかった。しかし、ともかく幌《ほろ》馬車は、どこかに向かってすさまじい速さで進んでいる。テオはほとんど気がつきもしなかったが、彼の頭痛はとっくに消えていた。

5 宰相《さいしょう》の野望

ウェストマーク王国の宰相《さいしょう》カバルスは、机に身をかがめて書類に目を通していた。カバルスは勤勉の人である。てきぱきと仕事をこなしていく特別の能力を持っている。今日も、明け方からずっと働いている。王室庁長官から昇進《しょうしん》して宰相となって以来、彼は意欲と熱意を発揮して、ほかの大臣たちが退屈《たいくつ》だと言ってやりたがらない仕事をも引き受けていた。その結果、カバルスは、王室食料部のロブスターの購入《こうにゅう》から死刑執行《しけいしっこう》令状の署名まで、王国政府のありとあらゆる事柄《ことがら》を取り仕切るようになっていた。

彼の目はいたるところにあった。まばたきひとつしない、黒ずんだ目。その目にちらりとでも見られると、だれもが、彼にくらべて自分が下品で、心根の卑《いや》しい人間であり、着ているシャツも薄《うす》よごれている、というような気がしてくるのだ。

いま、その目が見つめている書類は、無責任なパンフレット作者どもと彼らに協力した印刷業者どもにたいする最近の措置《そち》についてのものだ。カバルスはまだ、ベルビッツァやドルニングのような辺鄙《へんぴ》な町々からの報告は受け取っていなかった。それらも、いずれとどくだろう。ともあれ、彼はまんざらではなかった。

彼は言っていた。「陛下の臣民は、強い力で指導してやることが必要だ。臣民自身が、無意識のうちにそれを熱望しているのだ。こういったろくでなしの物書きどもを放置するならば、かならず社会不安を引き起こす。彼らの死は、疑問の余地なく、彼らの生命以上に崇高《すうこう》な目的に役立つ。すなわち王国の安泰《あんたい》に役立つのだ。もちろん、わたしは彼らにたいし、いかなる個人的悪意もいだいてはいない。しかし、もしわたしがこの措置をとらないならば、わたしは自分の義務をおこたることになるだろう。彼らは、少なくとも公開裁判という不必要な屈辱《くつじょく》を受けることはない。屈辱や苦悩《くのう》を感じる時間もなく、すみやかに死を迎《むか》えられるのだ」

宰相《さいしょう》の信任厚い秘書官パンクラッツは、はっ、はっと、丁重《ていちょう》な吐息《といき》をもらして同感の意をあらわした。これ以上細かな意見を口にするのは、出すぎたふるまいというものだ。

パンクラッツは、主人より頭ひとつ背が低い。黒い宮廷《きゅうてい》用衣装を着ている。ふくらはぎが巨《きょ》大《だい》で、ストッキングが張り裂《さ》けそうだ。カバルスはかつらをかぶらず、短く刈《か》りこまれた鉄灰《てっかい》色《しょく》の髪《かみ》をあらわにしている。したがって、パンクラッツもかつらをかぶるわけにいかない。周囲の人々は、パンクラッツに〈宰相のマスチフ〉というあだ名をつけている。肥《ふと》っていて主人に忠実なところが、マスチフ犬そっくりだからだ。カバルスが聴衆《ちょうしゅう》に説教をし、そのあいだにパンクラッツが聴衆の足を噛《か》む。宮廷の役人たちは、そんな冗《じょう》談《だん》を言って笑い合っていた。

アウグスティン国王との朝の謁見《えっけん》の時間が来ていた。カバルスは、彼のマスチフに、書類を赤い革《かわ》の箱に入れるよう命じた。宰相は執務《しつむ》室を離《はな》れ、中庭を横切り、新宮殿《きゅうでん》へと進んだ。パンクラッツは二歩下がって、神妙《しんみょう》な面持《おもも》ちでついていく。新宮殿――この壮麗《そうれい》な建物は、現国王の祖父、アウグスティン二世――いまやアウグスティン大王と呼ばれている――によって造営されたものである。

ジュリアナ宮殿の古い部分は、かつて要塞《ようさい》だった。厚い石壁《いしかべ》、狭《せま》い通路、地下牢《ちかろう》、拷問《ごうもん》室などが、むかしのままに残っている。この歴史的建造物を取り壊《こわ》す代わりに、アウグスティン大王は、そのすぐそばに新しい宮殿を建てたのだ。さらに、望楼《ぼうろう》のひとつに、有名な〈ジュリアナの鐘《かね》〉を取りつけた。これらの鐘のひびきは、このマリアンシュタットの町そのものの声であるかのように、その折々の町の気分を表現していた。

が、いまでは鐘は鳴らない。アウグスティン四世が、その鐘が永遠に沈黙《ちんもく》しているようにと命令したのだ。亡《な》くなったアウグスタ王女への永遠の服喪《ふくも》のためである。幼い王女はこの鐘が好きだった。この鐘の音を聞くと、国王は娘《むすめ》のことを思い出し、胸をえぐられるような悲しみに襲《おそ》われたのだ。思い出すのはあまりにもつらい。ずっと沈黙していてほしい……。

旧宮殿――オールド・ジュリアナのほとんどは、倉庫や下級官吏《かんり》の事務室にあてられていた。

王室庁長官のころ、カバルスはそこで寝泊《ねと》まりし、執務《しつむ》していた。宰相《さいしょう》となったいま、彼はニュー・ジュリアナの豪勢《ごうせい》な部屋を使う資格があるのだが、それを辞退した。これまでどおりの部屋を使い、質素と謙虚《けんきょ》さの見本をしめしたのだ。正当性は、つねに、こういう地味な生活態度と結びついてこそ、人々のいっそうの信頼《しんらい》をかちえることができる。

近ごろアウグスティンは、謁見《えっけん》室で大臣たちに会おうとしない。カバルスは直接、国王の居室に行った。秘書官から赤い箱を受け取り、居室に招じ入れられた。パンクラッツはドアの外にたたずみ、廊下《ろうか》にいならぶ侍者《じしゃ》たちに、番犬のようなまなざしを投げつけた。

王の居室は閉めきってあって、息づまるほど暑かった。窓には厚手のカーテンが掛《か》かり、もう春だというのに、暖炉《だんろ》で薪《まき》が燃えている。カバルスは、箱をサイドテーブルの上に置き、国王に近寄った。アウグスティンは、部屋着を着て、暖炉のそばの、背もたれの高い椅子《いす》に腰掛《こしか》けている。カバルスがいることにほとんど気づいていない。

「陛下、よくお眠《ねむ》りになったことと拝察いたします」カバルスは言った。王が一時間つづけて眠ることはめったにない。それを承知のうえでの言葉である。

アウグスティンは、よどんだまなざしを宰相に向けた。王は、もともと背の高い男ではないが、娘《むすめ》を失って以来、ますますちぢんでしまった。心とともに体も空虚《くうきょ》になり、ただ黒い影《かげ》によってだけ満たされているようだった。彼は自分を責めつづけていた。娘を溺愛《できあい》しすぎたのだ。もう少しだけ甘《あま》くなかったなら、あの悲劇は起こらなかっただろう。娘にたいし、きびしさが足りなかった。その反省から、彼はカバルスを選んだのだ。カバルスなら国民をきびしく指導してくれるだろう。

あれ以来、アウグスティンの頭を占《し》めていることといえば、ただひとつだった。

「まだ見つからないのか？」国王は聞いた。「ほんとうに死者の魂《たましい》を呼び出すことのできる者はいないのか？」

カバルスは、ため息を噛《か》み殺した。一度でいい。この件を持ち出さないでもらえないだろうか……。「陛下はつねに失望なされておられます」

「ぜがひでも、わたしを失望させない者を見つけてほしいのだ。わたしは娘と言葉をかわし、どこにあるとも知れぬ墓場から、娘の魂をわたしのもとに呼び寄せたいのだ」

「陛下。陛下はまず、生きている者にたいして義務を負っておられます」

カバルスは、魂を呼び出すなどという、古い退屈《たいくつ》な話に付き合う気はなかった。箱の中の書類のことも議論するつもりはなかった。今朝は、例の件を取りあげよう、と決意していた。じわじわと喜びがこみあげてくる。こんな場合に喜びを感じるのは不適切かもしれない。しかし、すべては王国の安泰《あんたい》のためだ。

アウグスティンが話のきっかけをあたえてくれていた。カバルスは、国王が関心を失わないうちに、急いで言葉をつづけた。

「じっさい、陛下、国王というものは、墓場に行かれてからでさえ、死後においてさえ、義務を負っています。人間はみな、結局のところ塵《ちり》であり灰でございます。例外なく死んでゆきます。それゆえに、陛下は、申しあげにくいことながら、お世継《よつ》ぎを決めるという、特別の義務をも背負っておられるのです」

「世継ぎなど、いない」

「それが問題なのです。陛下が世を去られたあと、カロリーヌ王妃《おうひ》は、先帝《せんてい》の王妃として、陛下に代わって支配なさるかもしれません。しかしこれは、単に問題を先送りするだけです。真の解決にはなりません。陛下はお世継ぎを持たねばなりません。神聖なる義務を果たすべき後継者《こうけいしゃ》が必要です」

アウグスティンは眉《まゆ》をひそめた。「それはもはや不可能だ」

「どうかお聞きください、陛下。それは、不可能などころか可能であり、かつ急を要します。法律によって、陛下は養子を迎《むか》えることができます。必要なのは、陛下の勅令《ちょくれい》とカロリーヌ王妃の同意だけです」

「宰相《さいしょう》よ、きみは、王妃とわたしに、どこかの娘《むすめ》を養女にしろと言っているのかね？」

「娘ではありません」カバルスは答えた。「それもまあ、けっこうなことではありましょうが……。娘ではなく、陛下、息子《むすこ》です。夢と希望を持ち、努力して知恵《ちえ》と力を獲得《かくとく》し、たとえ養子であっても、先祖である偉大《いだい》な王たちの理想に近づこうとする息子。いまも陛下を尊崇《そんすう》し、将来においても――」

「その話はあとにしてくれ」アウグスティンは言った。「もう、疲《つか》れた。それに、わたしの知るかぎり、適当な人間は一人もいない」

「一人も？」カバルスはそうさけんで、床《ゆか》にひざまずいた。「陛下、あえて申しあげます。わたしの胸のうちには、陛下への尊敬、親しみ、愛情が、日ましに育っております。ああ、わたしは夢見ているのです。陛下を父と呼ぶことのできる栄光の日を！」

一瞬《いっしゅん》、国王は、宰相の言葉が理解できないようだった。が、すぐによろよろと立ちあがった。

「きみが？　死んだ娘の代わりに？」

カバルスは国王の両足に抱《だ》きついた。将来の父親からぜったい別れまいとするかのように、懸《けん》命《めい》にしがみついた。その抱擁《ほうよう》から身をもぎ離《はな》そうと手足をばたつかせているうちに、アウグスティンの顔が蒼白《そうはく》になった。両手を突《つ》き出し、宙を搔《か》きまわすような動作をし、ばったりと倒《たお》れた。

カバルスは絶望した。国王の命が心配だったからではない。あまりにもタイミングが悪かったからだ。ともかく、王の手首をつかんだ。脈拍《みゃくはく》はかすかに打っている。

カバルスは立ちあがった。ドアをさっと開けて助けを呼んだ。伸《の》びているアウグスティンのかたわらにもどり、両手をもみしだきながらたたずんだ。

カロリーヌ王妃は、あっという間にやってきた。ほとんどカバルスに目もくれず、夫のそばに膝《ひざ》をつき、彼のガウンとシャツをゆるめた。王妃はまだ喪服《もふく》を着ていた。この六年間ずっとそうなのだ。国王の悲嘆《ひたん》は彼を弱めていたが、王妃《おうひ》の悲嘆は、ただ彼女を強めただけだった。不安の中にあっても、王妃の顔は冷静そのものだった。カバルスが話しかけようとすると、彼女は、身《み》振《ぶ》りでそれをさえぎり、侍者《じしゃ》たちに命じてアウグスティンをカウチに運ばせた。

「王妃陛下」カバルスは抗議《こうぎ》した。「謁見《えっけん》は始まったばかりでした。国王陛下は昨日わたしが退出したときより、具合はおよろしそうでした」

「国王陛下は」王妃は答えた。「あなたがいないときのほうが、ずっと具合がおよろしいのです」

王室医務官トレンス博士が入ってきていた。彼は、侍者たちとパンクラッツに、この場を離《はな》れるようにと言った。トレンスはシャツすがたのままだった。大きくて無骨《ぶこつ》な顔。しかし、長く豊かな銀髪《ぎんぱつ》のおかげで、全体の印象はやわらかい。髪《かみ》に粉はふらず、粗末《そまつ》な木綿《もめん》のリボンで束《たば》ねている。

「王妃陛下。陛下にもお下がりいただきたいと存じます」トレンスはそう言うと、カバルスに向かい、「あなたもだ」

カバルスは医師をにらみつけた。王妃は控《ひか》えの間に行き、椅子《いす》に腰《こし》を下ろした。カバルスはしぶしぶついていったが、王妃がお掛《か》けなさいと言わないので、しかたなく、部屋の真ん中で、首を垂れ、手を体の前で組んで、立ちつくしていた。こうして王妃と宰相《さいしょう》は、狭《せま》い部屋の中で冷え冷えとした沈黙《ちんもく》の時間を送っていたのだが、やがて、トレンス博士があらわれた。

「国王陛下はいま眠《ねむ》っておられます。とりあえず、ありがたいことです」王妃にそう言うと、まくりあげていた袖《そで》を下ろし、カバルスに向かって、「国王はひどいショックを受けておられるようだ。宰相、あなたは陛下といっしょだった。何があったのか説明してもらえませんかね」

「ショックと呼ぶべきかどうか」カバルスは言った。トレンスを通り越《こ》して王妃に視線を送り、「むしろ、過度の喜びと呼ぶべきではないでしょうか、王妃陛下。国王はめでたい話をしておられたのです。男性の王位継承者《けいしょうしゃ》を養子に迎《むか》えるという……。国王陛下がこの人物こそと白羽の矢を立てたのは――」カバルスは、ふっと吐息《といき》をつき両手を広げた。「わたしです。国家にたいする義務、国王陛下にたいする個人的親愛感のゆえに、わたしはこの最高の栄誉《えいよ》を受け入れるべく決意しました。その喜ばしい興奮の瞬間《しゅんかん》、国王陛下は――」

「よくもまあ！」王妃はさけんだ。「よくもまあ、ぬけぬけと、国王の養子に、王位継承者に、ですって？　そのような問題は、国王と王妃のあいだで内密に論じられ、決定されるべき性質のものです。そして、あなたもご存じのように、それを決定するには、まず第一番に王妃の同意が必要です。言っておきますが、わたしは金輪際《こんりんざい》、同意などいたしません。どうか、トレンス博士、いまここで、わたしが拒絶《きょぜつ》したことの証人となってくださいな」

「内密にであれ公然とであれ、王妃陛下、その問題は早急に論じられ決定されなければなりません」カバルスは言った。「国王はひどくお悪いのです」

「それはそうだ」トレンスが口をはさんだ。「しかし、一方、国王はどんな病気にもかかっていない、とも言える。身体的な意味では、ね。たしかに体は衰弱《すいじゃく》しきっている。しかし、これは元にもどせることだ。いや、あなたのようなバカ者たちがでしゃばって、わたしの養生法《ようじょうほう》に邪魔《じゃま》立てしなければ、いまごろは回復していたかもしれない。国王の体は、食事、睡眠《すいみん》、新鮮《しんせん》な空気といったごく当たり前の療法《りょうほう》で、じゅうぶん治ります。国王の最悪の病気は、精神の中にあるのです」

「あんたは、国王が精神異常だと言うのか！」カバルスはさけんだ。「これは大逆罪《たいぎゃく》だ。きみは無能なだけではない。反逆者だ！」

「どちらも違《ちが》う」トレンスは答えた。「国王は精神異常ではない。悲嘆《ひたん》のあまり心を閉ざし、自責の念の中に凍《こお》りついているのだ。そして、わたしは反逆者ではない。わたしは真実を語り、事実を直視する人間だ」それから王妃《おうひ》に向かって、「希望を失わないでください。国王陛下は、いずれ回復なさるでしょう。それまで、お願いです、王妃のお力で、国王が、あとで悔《く》やむことになるような決定を下さないよう、間違《まちが》っても、養子を迎《むか》えるなどということのないよう――」

「僭越《せんえつ》だぞ！」カバルスは吠《ほ》えた。「あんたの職業は医務官だ。国家的問題に立ち入るのは許されない。そして、国王は閣僚《かくりょう》たちの指導と助言にしたがわなければならないということになっているのだ」

「すまん、すまん」トレンスは言った。「いま、あんたをバカ者と呼んだのは、あわてていたからだ。あんたはバカ者なんかではない。悪党と呼ぶべきだった」それから王妃にお辞儀《じぎ》をして、

「失礼いたします、王妃陛下」

トレンス博士は踵《きびす》を返して部屋を出ていった。カロリーヌ王妃が急いでそのあとを追う。カバルスも一瞬《いっしゅん》、追いかけてトレンスに言い返してやろうかと思ったが、考え直してその場にとどまり、黙想《もくそう》にふけった。

カバルスには、いろいろな可能性をかぎつける能力があった。細かい中身はわからなくても、何かが起こりそうだと直感的に察知してしまう。そしてそれをたくみに利用した。この能力は天からの授かりものだと彼は思っていた。それもあって宰相《さいしょう》にまで昇進《しょうしん》したのだ。しかるべき時が来たら、閣僚の多くはおれを王位継承者《けいしょうしゃ》として支持してくれるだろう。面倒《めんどう》なのはトレンスのやつだ。しかし、やつは始末できる。カバルスの頭の中で、ひとつのプランが形をとりはじめている。ほの暗い頭脳の片すみで、しだいに、はっきりした輪郭《りんかく》を持って浮《う》かびあがってくる。この瞬間《しゅんかん》が、カバルスには何ともいえず楽しいのだ。

6 ケッセルの宿

〈魔物御者《まものぎょしゃ》〉マスケットの駆《か》りたてる幌《ほろ》馬車は、ケッセルに着いた。遅《おそ》い時間だった。みな、腹を減らし、びしょ濡《ぬ》れだった。朝の修理は、その日いっぱい持たなかった。車輪はまたしてもガタガタしはじめ、いますぐにでもはずれそうだった。それに、春の嵐《あらし》が始まっていた。馬車も人間も溝《みぞ》に飛びこんでしまう危険もあったが、はげしい風雨のなかをマスケットはかまわず突《つ》き進んだのだった。御者席に身をかがめ、食いしばった歯からヒューヒュー吐息《といき》をもらし、にたにた笑って、まるで、大きすぎる帽子《ぼうし》をかぶった小さな悪魔《あくま》だった。

ケッセルには一軒《けん》、大きな宿屋がある。しかし、嵐のせいで、国じゅうの旅人が今日この宿で泊《と》まることにしたかのような混雑ぶりだった。客たちのたむろする談話室は、濡れた衣服のにおいとまずそうな料理のにおいがプンプンした。

ラス・ボンバスは、マスケットとテオの先に立ち、人波を掻《か》き分けて暖炉《だんろ》のそばに行くと、大声で宿の主人を呼んだ。彼は、幌馬車の中で衣装を変えていた。今度は黒い服だ。袖口《そでぐち》だけがくっきりと白い。

主人がようやくあらわれると、ラス・ボンバスは肩《かた》をそびやかして言った。「ブルームサ親方とその従者たちということで、予約のメッセージが来ているはずだが」

亭主《ていしゅ》は、小さな御者とずぶ濡れのトレビゾニア人のすがたに目をぱちくりさせながら、そんなメッセージは来ていませんぜ、いずれにしても、うちは満員なんでさ、と答えた。きっと憤慨《ふんがい》するぞとテオは思ったが、ラス・ボンバスはため息をついただけだった。

「ちゃんと郵便集配人にたのんだんだがね。ともあれ、あんたのせいではない。最高の続き部屋をたのんだのだが、まあ、しかたない、ほかのところを探そうか」

そう言いながら、なかなか出ていこうとせず、周囲の旅人たちをじろじろ見まわしている。早くしないと別の宿屋を探す時間がなくなってしまうのでは、とテオが言うと、ラス・ボンバスは肩をすくめて、「まあ、そう焦《あせ》りなさんな、若者くん。我輩《わがはい》はカモを探しているのだ。あんた、あの金貨を、ちょっとのあいだだけ貸してくれんかね」

テオは、騎兵《きへい》隊長からせしめた金貨をわたした。それをポケットに入れたラス・ボンバスは、視線をあるテーブルに固定した。毛皮で縁《ふち》どりした外套《がいとう》を着た、丸々と太った小男がすわっている。伯爵《はくしゃく》はそちらの方向に歩きだし、テーブルのわきを通るとき、ポケットからハンカチをぐいと引っぱり出した。はずみで、金貨が床《ゆか》に落ちる。が、ラス・ボンバスは、まるで気がつかないかのように歩きつづけた。

「もしもし、お金が！」男は金貨を拾うと、ラス・ボンバスの背中に向かってさけんだ。

ラス・ボンバスが振《ふ》り向くと、その手に男が金貨を押《お》しつけた。

「これは恐縮《きょうしゅく》。たいしたものではありませんから、ほうっておいてくださってもよかったのだが。ともあれ、お礼を申します」

「どうもどうも」旅人は、とろんとしたピンク色の目で伯爵《はくしゃく》を見て、「わたしは、金貨のことをたいしたものではない、とは言えない性分でして……。スケイトと申します。故郷の町の長老であり穀物商人です。職業がら、お金の値打ちはよく承知しているつもりです」

「わたしも承知しております」と答えて、ラス・ボンバスは、値踏《ねぶ》みするような目つきで、旅人の衣服や、その胸もとを飾《かざ》る重そうな金鎖《きんぐさり》を見やり、「わたしにとって、金《かね》の価値は、正直言って、ほんとうに何の意味もないのです」

「すばらしいお考えです！」スケイトと名乗る男はさけんだ。「たしか、ブルームサ親方と言われましたね――さきほど小耳にはさみましたが。何という見上げたお考えでしょう！」

「いやいや」伯爵は笑った。「金《かね》は、あなた、しょせん、ただの金属です。そして、ほかのすべての物体と同様、変成と変形という、同じ自然の法則にしたがいます。わたしは、実は、財政には素人《しろうと》だが、科学者として研鑽《けんさん》を積んできました」声をひそめてスケイトにすりより、「わたしは実験によって、金であれ銀であれ、好きなだけつくりだせるのです。ですから、金が、世間一《いっ》般《ぱん》の人々にたいしてどのような値打ちを持つものであろうと、わたしにとっては、何の値打ちもないのです」

「ますます、すばらしい！　今回の旅で、わたしは大きな収益を得ました。しかし、あなたのようなすぐれた才能の持ち主と出会えたありがたさにくらべたら、ゴミみたいなものです。いまのお話を、帰宅して妻に話したら、どんなにおどろくことか！」

「あなたは、わたしのために、わざわざ金《かね》を拾ってくださった」ラス・ボンバスは言った。「お礼として夕食をご馳走《ちそう》させてくださいませんか。そのあと、わたしはここを出て、今夜の宿を探します。この時間に、まだ空いているところがあるかどうかは知りませんが」

「何をおっしゃいます！」スケイトはさけんだ。「夕食をご馳走するのはわたしのほうです。それに今夜は、わたしの部屋でいっしょにお泊《と》まりになればいい。そうしてください」

「そうですか。それでは、お言葉に甘《あま》えて」ラス・ボンバスは言った。「わたしの従者二人は、馬の面倒《めんどう》を見たり馬車の手入れをしたりしながら、厩舎《きゅうしゃ》で泊まればいいし」

しゃべりながら、ラス・ボンバスは、背後に回した手をしきりに動かし、サインを送っていた。マスケットはテオを談話室から引っぱり出し、厩舎へと連れていった。

厩舎で、フリスカの体を手入れするためのぼろきれとブラシをわたされたとき、テオはマスケットに聞いた。「あれは、いったい何なんだい？　彼は何かたくらんでいる。あの人の中には、正直さとか、まともさってものは、ぜんぜんないんだろうか」

いきなり、すごい勢いで蹴《け》られて、テオは、積みあげられた藁《わら》の中に倒《たお》れこんだ。フリスカではない、マスケットが蹴ったのだ。両手を腰《こし》に当てて、テオをにらみつけている。

「今度、伯爵《はくしゃく》について何か言うときは、言葉に気をつけろ」マスケットは言った。

「だって、ぼくの言ったのは、ほんとのことだろ？」テオはさけんだ。

「ほんとならどうだって言うんだ？　おいら、自分を買ってくれた人の悪口を聞く耳は持たないんだ。そうだとも――」マスケットはつづけた。「あの人が連中にどれだけ払《はら》ったのか、それとも、連中をたぶらかして手に入れたのか、そんなこと、おいらは知らないし知りたくもない。おいらが、あんたの半分ぐらいの歳《とし》のとき、ナポリータの町でね、あの人はおいらを〈物乞《ものご》い工場〉から買ってくれたのさ」

「何から買ったって？」

「〈物乞い工場〉からさ」小男は陽気な声で言った。「そう、そんなこと、あんたは聞いたことがないよな、あの小さな井戸《いど》の中で暮らしていたんだものな。しかし、あんた、一度も不思議に思わなかったのかい、どうして世の中にはあんなに多くの物乞いがいるのかってことを？　もちろん、生まれつき、物乞いをするのにぴったりの体をした人間もいる。しかし、世の中の物乞いの半分ぐらいは、そういう工場でつくられているんだ。買われたり盗《ぬす》まれたりした子どもたちが、手足を曲げられたり壺《つぼ》に詰《つ》められたりその他いろんな方法で、この商売に向いた、つまり、世間の連中が見てかわいそうに思うような、ちょっぴり金《かね》をめぐんでやりたくなるような体に、つくり変えられるのさ。そして、物乞いの親方に売られる。物乞いの親方ってのは、子分たちがもらった施《ほどこ》しものを巻きあげて暮らしているわけさ」

「何て恐《おそ》ろしい。とても信じられないよ」

「信じられないさ」マスケットは言った。「でも、ほんとの話さ。おいらは運よく、こういう体に生まれた。だから、何の変更《へんこう》も必要なかった。工場では物乞いのやり方を修業しているだけでよかった。買ってくれたのがもし伯爵でなかったら、おいらは、いまごろどこで何をさせられていたか、わかりゃしない。たしかに、あの人は、ならず者だよ。でも、人のいい、気立てのいい、ならず者だ。使用人を鞭《むち》でひっぱたき、小作人から年貢《ねんぐ》をしぼりとる貴族たち、貧乏《びんぼう》なばっかりに罪をおかしたあわれな人間を平気で絞首台《こうしゅだい》に送る裁判官たち——彼らは、まともなりっぱな人間として尊敬されている。だったら、ならず者ではあるけれど、まともなりっぱな人間だってことは、あるはずじゃないか」

「でも、ほかのいろんな話……」テオは言った。「サラマンカ槍騎兵《そうきへい》連隊！　偉大《いだい》なコプタ行者《ぎょうじゃ》！　トレビゾニア王国！——だいたい彼は、トレビゾニアがどこにあるか知ってるんだろうか。どうして彼は、ああいうでたらめを並べ立てるんだい？」

「おいらには関係ないことさ」マスケットは言った。「あの人は、この世界を、自分の望むようなかたちで描《えが》き出したいところがあるんじゃないかな。あんただって、そうだろ？」

テオは答えなかった。向きを変えて、フリスカの体をこする仕事にもどった。心がざわついていた。ラス・ボンバスのことを正真正銘《しょうしんしょうめい》のならず者だと思えたときのほうが、気持ちが落ち着けたのだった。

宿の給仕が夕食を運んできてくれた。鍛冶屋《かじや》を起こすには時間が遅《おそ》すぎたので、マスケットとテオは、自分たちで車輪を修理しはじめた。マスケットは、今度はおいらの仕事は確実だ、当分はずれたりしないぞ、と胸を張った。

修理が終わって間もなく、ラス・ボンバスが厩舎《きゅうしゃ》に走りこんできた。

「スケイトの旦那《だんな》、出ていってしまったぞ」ラス・ボンバスは、クリームだらけになった猫《ねこ》みたいにほほえみながら言った「だが、すぐ引き返してくるに違《ちが》いない。長居は無用だ」

勝ち誇《ほこ》ったように、手にしたハンカチの包みをかかげて揺《ゆ》すった。チリンチリンと音がする。

「なに、錬金術《れんきんじゅつ》の初歩的実験をやったまでさ。我輩《わがはい》はあの長老どのにこう言った。我輩の硬貨《こうか》はすばらしい性質を持っている。それに触《ふ》れたものを、まるで雌鶏《めんどり》が卵を孵《かえ》すほどにやすやすと増やしてしまう。あなたは、自分の金《かね》を我輩の金といっしょにハンカチに包んでおくだけでいい。そしてひと晩ほっておきなさい。朝までにあなたの財産は三倍になっているでしょう、とね。やっこさん、大喜びだった。金をくるんだ包みを部屋の炉棚《ろだな》の上に置いて、床《とこ》についた。まあ、これほどうまく行くとは思わなかったね。やっこさん、落ち着かないと見えて、目を覚ました。夜包みを持って家に帰りたいと言い出した。それもいいだろう。ただし――と我輩は警告した。夜が明けるまで、ハンカチをほどいてはなりません。さもないと実験は失敗します、とね。しかし、欲の皮が突《つ》っぱった男だから、とても朝まで我慢《がまん》はできまい。ハンカチを開けて中身を見たら、すぐ引っ返してくるだろうよ。

なに、やつがグースカ寝入《ねい》っているうちに、我輩が別のハンカチの包みをつくって、炉棚《ろだな》の上の包みと取り替《か》えたんだ。やつの持っていった包みに入っているのは、石ころだけなのさ」

「それじゃ泥棒《どろぼう》じゃないですか！」テオはさけんだ。「あの人の頭にピストルを突きつけたようなものです！」

「人聞きの悪いことを言うなよ」ラス・ボンバスは答えた。「我輩はピストルなど持ち歩く人間ではない。なあ、若者くん、何はともあれ、アブサロム博士にふたたび働いてもらえるまで、われわれ三人は、この金で食いつながなければならんのだよ」

満足の笑いを押《お》し殺しながら、ラス・ボンバスはハンカチをほどいた。それからググッと喉《のど》を詰《つ》まらせ、目をカッと見開いた。顔が真っ赤になり、つづいて真っ青になった。ハンカチの中にあったのは、ひとにぎりの、平たく小さい鉛《なまり》のかたまりだけだった。

「やられた！」ラス・ボンバスは吠《ほ》えた。「包みをすり替えられた。しかし我輩は――かたときといえども金の包みから目を離《はな》さなかった。一度もやつのそばを離れなかった。あ、そうか。やつがぐっすり寝《ね》こんだのを見とどけて、中庭に出て小石を拾った。一分とはかからなかったんだが――あの野郎《やろう》！　タヌキ寝入りしやがって！　盗人《ぬすっと》め！　あんなやつがどうして、町の長老として通用するんだ！」

伯爵《はくしゃく》は厩舎《きゅうしゃ》のドアに駆《か》け寄り、夜の闇《やみ》に向けてこぶしを振《ふ》りたてた。「悪党め！　泥棒《どろぼう》め！」

やがて振り向くと、テオに言った。「ねえ、若者くん。あんたにひとつ忠告しておこう。決して見知らぬ人間を信用するんじゃないぞ。ああ、嘆《なげ》かわしい世の中だ、どこもかしこも泥棒だらけだなんて」

第二部　口寄せ姫《ひめ》

7 不思議な少女

テオにもだんだんわかってきたのだが、ラス・ボンバスは、長いこと落ちこんでいられない性分だった。マスケットがフリスカを轅《ながえ》のあいだに入れ、出発準備がととのったとき、伯爵《はくしゃく》の憤《ふん》激《げき》の嵐《あらし》はもう過ぎ去り、出かけることへの喜びが彼の心をとらえていた。「まんまとしてやられたが、また、ぼちぼち、貯えていくことにしようぜ」と、屈託《くったく》のない声でテオに言った。

〈魔物御者《まものぎょしゃ》〉は、パイプの軸《じく》を嚙《か》みながら、フリスカを東に向かってのんびりと進ませた。昼下がり、町が見えてきた。ボルンの町だ、と伯爵は言った。彼はマスケットに、町はずれのとある場所に幌《ほろ》馬車を停めるよう命じた。

「このあたり、灌漑《かんがい》用の水路もあって、水には不自由しないな」ラス・ボンバスは、草の生《お》い茂《しげ》った野原を見わたして言った。「アブサロム博士の万能薬《ばんのうやく》エリクシルをつくるにはこまらないだけの水がある。ほかの出し物として、やはり〈瓶《びん》の中の小鬼《こおに》〉をやりたいな」

「だめ、だめ、だめ」マスケットが口をはさんだ。「あれはもう、ごめんでさあ」

「なかなかみごとなものでね」伯爵はテオに言った。「ガラスの瓶の中に人間の首が入っている。その首が、未来についてのどんな質問にも答えるんだ。なに、種を明かせば、マスケットがテーブルの下にもぐりこんで、テーブルに開けられた穴から顔だけ突《つ》き出しているのさ。瓶の底は偽《にせ》の底なんだ」

「そのとおり。この前やったとき、どこかの学者先生が瓶に上から蓋《ふた》をしやがって、おかげで、おいらは窒息《ちっそく》するところだった。あれはいやだ。ごめんこうむるよ」マスケットは、ぴしゃりと顎《あご》を閉じ、腕組《うでぐ》みをした。

ラス・ボンバスは肩《かた》をすくめ、さらに言葉をつづけた。「いずれにせよ、〈あわれなる自然児〉はやろうな。これは、アブサロム博士のエリクシルといっしょにやる。あんたは」と、テオに向かって、「ブラジル高地の原野から来た、野生のままの人間になる――ワーワー騒《さわ》いだり飛んだり跳《は》ねたり、何でもいい、思いつくかぎりのことをやる。ところが、エリクシルを一滴《てき》飲むと――完全に飲み下す必要はないが――すっかり落ち着いてしまい、おとなしい、にこにこした人間に変わる。あんたは、みごとにトレビゾニア人をやってのけた。〈あわれなる自然児〉もコツは同じだよ。違《ちが》うのは、青と黄色の縞《しま》模様だけ」

「ぼく、服に絵の具を塗《ぬ》ることはできません」テオは答えた。「着たきりスズメなんです」

「服に塗るんじゃない、あんたの体に塗るんだ。服なんて、ほとんど要《い》らないんだ」

ラス・ボンバスは、幌《ほろ》馬車の奥《おく》の収納箱からへこんだラッパをひとつとりだすと、マスケットにわたし、ボルンの町に行ってこれを吹《ふ》き鳴らし、われわれの到着《とうちゃく》を知らせてこい、と言った。小男が出発すると、ラス・ボンバスは、今度は絵の具壺《つぼ》を並べてテオに向かい、〈あわれなる自然児〉に変身するのだ、と言った。テオは、しぶしぶ下着すがたになり、言われたとおりのやり方で体に絵の具を塗《ぬ》っていった。

つづいてラス・ボンバスは、水路のわきにしゃがんで、たくさんのガラスの小瓶《こびん》を水で満たした。それから、それぞれの小瓶に、ポケットから大事そうにとりだした薬草の粉末を、少しずつ加えていった。いまや彼の身なりは、地味なローブをまとい、かつらをかぶり眼鏡《めがね》をかけて、いかにも学者風である。

最後に彼は、箱の蓋《ふた》の四すみに四本の棒をくっつけてテーブルめいたものをつくり、それの上に人間の頭のようなものを置いた。大きさは人間の頭と同じぐらいで、木でできている。

「これは〈ウルトラ・ヘッド〉だ」伯爵《はくしゃく》は説明した。「喜怒哀楽《きどあいらく》を感じる場所が、それぞれ、頭のどこにあるかがわかるようになっている。我輩《わがはい》の患者《かんじゃ》たちは、なぜか、これを見ると安心するのだ」

やがて、マスケットがラッパを吹きながらもどってきた。マスケットのあとについて、ぞろぞろと、町の大人や子どもたちがやってきた。さっそく、ラス・ボンバスは、アブサロム博士のエリクシルの効能を宣伝しはじめた。テオも懸命《けんめい》に、ブラジル高地人の戦争ダンスを踊《おど》った。が、見物人の反応はあまりぱっとせず、エリクシルの売れ行きはさっぱりだった。

「よくいらっしゃいました、皆《みな》の衆」とつぜん、声が聞こえた。

ラス・ボンバスの演説も、テオのブラジル風雄叫《おたけ》びも、ぴたっと止まった。声は、木製の〈ウルトラ・ヘッド〉のほうから聞こえていた。

「さあさあ、お立会い」声はしゃべりつづけた。「この薬、そんじょそこらにある薬とは薬が違《ちが》うよ。まずは、わたしのオツムをごらんなさい。この薬をひとしずく、たらりと垂らして塗っただけで、このとおりのすべすべつるつる。床屋《とこや》さんに行かなくていいもんだから、おかげでひと財産できちゃった」

見物人たちは、どっと笑った。これも見世物の一部だと思っている。

「わたしの口上《こうじょう》を邪魔《じゃま》しないでくれませんかな」伯爵は言った。何とか心を落ち着け、これがもともと予定されていた掛《か》け合いであるかのようにふるまおうとしている。「お願いしますよ、旦那《だんな》さん。いや、奥《おく》さまかな。どちらであるかは知りませんが」

〈ウルトラ・ヘッド〉は、ギギーッときしむような音を立てて笑い、答えた。「その歳《とし》をして、男と女の違いがわからないのかい？」

〈ウルトラ・ヘッド〉の厚かましさとラス・ボンバスの狼狽《ろうばい》ぶりに、見物人はみな腹をかかえて笑った。何人かは、テーブルに向かって硬貨《こうか》を投げはじめた。〈ウルトラ・ヘッド〉はますます調子に乗り、しゃべりまくった。あんたのかつらには蛾《が》が棲《す》んでるんじゃないか、ずいぶん大きなおなかだが、サイズはどれくらいなのか、その助手、のろのろしていて、ぜんぜん役に立っていないじゃないか……。観客は大笑いし、ますます硬貨《こうか》が宙を飛んだ。

やがて、観客のポケットが空《から》になったことがわかったとき、〈ウルトラ・ヘッド〉は、これでおしまい、と宣言して、押《お》し黙《だま》ってしまった。ラス・ボンバスのエリクシルはそれほど売れたわけではなかったが、儲《もう》けは、エリクシルを全部売りつくしたのと同じくらい大きかった。

見物人が帰ってしまうと、伯爵《はくしゃく》は〈ウルトラ・ヘッド〉を手にとって、ひっくり返したり揺《ゆ》すったり、こぶしでこつこつとたたいたりした。

「おい、しゃべってみろ！　どういう仕《し》掛《か》けなんだ？」

そのときテオは、一人の子どもが幌《ほろ》馬車の下から這《は》い出して、こちらをながめているのに気づいた。骨と皮ばかりに痩《や》せている。しばらく見つめて、ようやく女の子だとわかった。ぼろぼろのズボンを、骨ばった腰《こし》のまわりに綱《つな》で巻いて留めている。よごれた、穴だらけのシャツ。細い顔に、とがった鼻。路地裏のスズメのように、ほこりにまみれている。目は青いのだが、色素を奪《うば》い取られたかのように淡《あわ》い青だった。

テオは、こんなあわれっぽい浮浪児《ふろうじ》をこれまでに見たことがなかった。しかし伯爵は、テオほど心を動かされてはいないようだった。

「行きなさい」ラス・ボンバスは命令した。「こっちは科学的研究の最中なんだ」

「何かあげれば。腹が減ってるんですよ」伯爵の同意を待たずに、テオはテーブルの上の一枚の硬貨を手にした。

女の子は、それをさっとつかむと、またしても、きたない手のひらを突《つ》き出した。「取り分をおくれ。あんたたち、わたしがいなかったら、あのインチキ薬を、あの連中に一滴《てき》だって売りつけられやしなかったんだから」

「何だって？」伯爵は聞いた。「あのバカ騒《さわ》ぎ、全部あんたがやったのか？」

「さあさあ」〈ウルトラ・ヘッド〉が大声で言った。「ちゃんと、ごまかさずに、払《はら》うんだよ。さもないと、もう、ひと言も話さないからね」

ラス・ボンバスは仰天《ぎょうてん》して、「もう一度やってくれ」

「いま、やったでしょうが」

声は、今度は幌馬車の内側から聞こえた。おどろいたテオは、そちらに向き直った。ラス・ボンバスは、少女のくちびるから目を離《はな》さなかった。じっと見つめているうちに、彼女への心底からの賞賛の気持ちが浮《う》かんできたようだった。

「これまで諸国を旅してきたが、あんた以上にたくみにこの術を使う人間には、三人会っただけだ。だれに教わったのだね？」

「だれにも。王立少女教護院にいるとき、自分で覚えたの。院長は、わたしたちにおたがい同士、話をさせなかった。それでわたしは、これをやって、院長をよくきりきり舞《ま》いさせてやった。だれがしゃべってるのか見当もつかないんだものね。わたしが脱走《だっそう》して、さぞ、ほっとしたことでしょうよ」

「それで、きみは、ずっと町の通りで、一人で暮らしているの？」テオは、茫然《ぼうぜん》としながら言葉をはさんだ。

「ハンノが、しばらく、わたしの友だちだった。彼、泥棒《どろぼう》だったの——最高のね。よく言ってたわ、わたしも彼と同じくらいりっぱな泥棒になれるって。泥棒商売を教えてくれていたのよ」少女は、誇《ほこ》らしそうに付け加えた。「そのあと、彼、絞首刑《こうしゅけい》になったの」

マスケットが、散らばった硬貨《こうか》を集め終わっていた。少女は彼をしげしげと見つめ、「こんにちは、コロコロちゃん。パイプをひと吸いさせてよ」

小男はにっこり笑って、パイプを手わたした。少女は、腰《こし》を下ろすと足を投げ出し、幸せそうにスパスパやりはじめた。テオとしては、ますます眉《まゆ》をひそめざるを得ない光景だった。

さらに少女は、シャツの穴から手を入れて、洗濯板《せんたくいた》みたいなあばら骨をぼりぼりと掻《か》きながら、「さてと。わたしの取り分のお金はどこなの？」

ラス・ボンバスは、すぐには答えなかった。どこか遠くを見つめ、夢を思い描《えが》いているような顔つきだった。純粋《じゅんすい》な強欲《ごうよく》と無邪気《むじゃき》な喜びの混じり合った微笑《びしょう》が浮《う》かんでいる。

「ねえ、娘《むすめ》っ子くん」と、ようやく口を開き、「名前は何というか知らないが——」

「ミックルと呼ばれているよ」

「じゃあ、ミックル。あんたには、いろいろ相談しなければならないような親きょうだいや親戚《しんせき》知人はいないらしい。どうだね、われわれの仲間に入らないか。可能性は無限だし、報酬《ほうしゅう》は巨《きょ》大《だい》なものとなること請《う》け合いだ」

「報酬？」ミックルは言った。「それってお金のことなの？」

「あんたの求めるすべてだ。結果的には金のことだ」

「決めた！」ミックルはさけんだ。ペッと手のひらに唾《つば》をし、伯爵《はくしゃく》の手をつかんだ。

テオは黙《だま》っていられず、「ちょっと待って」と、ラス・ボンバスに言った。「彼女、迷子《まいご》の子猫《こねこ》ちゃんじゃないんだから、そんなふうに拾いあげるのはまずいですよ。ちゃんと面倒《めんどう》を見てもらえる場所にいるべきです。そうでないと彼女のためにならないし――」

「この人は、あんたじゃなくて、わたしに話してたんだよ」ミックルが口をはさんだ。「あんたは黙ってればいいの。なにが、『ちゃんと面倒を見てもらえる場所にいるべきです。そうでないと彼女のためにならないし』さ」

最後の部分は、テオ自身の声で話した。トーンはやや高かったが、声音《こわね》はそっくりだった。テオはいささか、むっとした。

ラス・ボンバスは両手をパチッと打ち鳴らし、「すばらしい！　そういう才能もあるのか！　これは使えるぞ」

テオは、それ以上何も言わなかった。言っても無駄《むだ》だと思ったのだ。それに、自分が何か話して、その言葉が同じ声音《こわね》で返されてくるのが、いやだった。少女の物真似に心を傷つけられていたのだ。彼は水路に行き、体の絵の具を洗い落としはじめた。

テオがもどってくると、ラス・ボンバスは、本日はこれ以上旅をしないぞ、と言った。マスケットは急いでボルンの町に行き、食料を買ってきた。ミックルは食べ物に飛びつき、むさぼり食らった。いまにも横から奪《うば》い取られるのじゃないかと恐《おそ》れているような食べ方だった。食べ終わると、ズボンで手をぬぐい、満足そうに歯をチューチューいわせた。

夜になって、ラス・ボンバスは、幌《ほろ》馬車の座席のひとつを開いて寝床《ねどこ》に変え、その上に巨体《きょたい》を倒《たお》した。マスケットは御者《ぎょしゃ》席で丸くなり、テオは馬車の下に入って手足を伸《の》ばした。ミックルは、フリスカのかたわらの草地に横たわった。


テオが目覚めたとき、月はまだ高かった。細い、震《ふる》えるような音が聞こえていた。小さな動物が苦しんで啼《な》いているような音。テオは一瞬《いっしゅん》、耳をすませた。それは、フリスカと少女のいる方角から聞こえていた。テオは這《は》い出し、用心深く歩いていった。雌馬《めすうま》は尻尾《しっぽ》を振《ふ》り、おだやかに鼻を鳴らした。

ミックルは、横向きに寝《ね》て、片腕《うで》を枕《まくら》にし、もう片方の腕を投げ出していた。ぴくりとも動かない。が、世にも悲しげな声ですすり泣いていた。

テオはハッとして、膝《ひざ》をついた。「どうしたの？」

答えはなかった。涙《なみだ》が頬《ほお》を濡《ぬ》らして流れつづけていた。

テオは黙《だま》ったまま待っていたが、少女は身動きひとつしなかった。すすり泣きながら、ぐっすりと眠《ねむ》っていた。テオは、やがて幌馬車にもどった。

8 文字の授業

テオが目を開けたときには、ラス・ボンバスはすでに起きて、刺繡《ししゅう》入りのカフタン（トルコ風長衣《ローブ》）と赤いフェズ（トルコ帽《ぼう》）といういでたちで、動きまわっていた。もぞもぞと立ちあがったテオに、伯爵《はくしゃく》は言った。

「やあ、やっとお目覚めだな。すばらしいプランがいっぱい浮《う》かんだぞ。朝食のときに話し合おう。アブサロム博士のエリクシルは、もうお役ごめんだ。さあ、行って、われらの若きレディーを起こしてくれたまえ。彼女の面倒《めんどう》は、あんたに見てもらう。まず、あんたの責任において、できるだけ早い機会にかならず風呂《ふろ》に入ってもらうこと。彼女は生まれついての天才だ。しかし、あのくささはたまらない。まるでキツネだよ」

ミックルは、まだ草地の上に寝《ね》そべっていた。夜のうちに二度、テオは、不安に駆《か》られて彼女のそばに行っていた。あの奇妙《きみょう》なすすり泣きのとき以外は、彼女は、いまと同じように、青ざめた顔にうっすらと微笑《びしょう》を浮かべて、おだやかに眠《ねむ》っていたのだった。起こすのが気が進まず、テオはしばらく、少女を見下ろしていた。彼女の生活の秘密の部分を立ち聞きする者のような気がしていた。ようやく肩《かた》に手をかけて、そっと揺《ゆ》すった。

「起きて。朝だよ」

「行って」少女は眠そうな声で言った。「わたしはいつも、昼に起きるんだよ」

テオの言葉を無視して眠りつづけたが、マスケットのつくる卵料理のうまそうなにおいがただよってくると、ようやく体を起こした。少女が朝食をぱくついているあいだ、伯爵は、いそいそと働いていた。大きな丸い鏡をいくつか並べ、ランタンのレンズを磨《みが》き、そのランタンを鏡のかたわらに置いた。

「これで名声と財産を獲得《かくとく》するのさ」伯爵は言った。「もちろん、〈ウルトラ・ヘッド〉はこれからもやる。いろいろ新しい趣向《しゅこう》を加えて、ね。しかし、我輩《わがはい》がいま考えている新しい出し物は、それの上を行く、空前絶後、だれもがびっくり仰天《ぎょうてん》するしろものだ。ウンディーネ、つまり水の精だよ。人魚だよ。半分人間で半分魚。チャーミングで人の心をとらえて離《はな》さない、伝説的な海の生き物だ。想像してごらん。ほの暗いランタンのともった部屋。鏡をうまく並べて反射させるから、ウンディーネはまるで空中にただよっているように見える。そして、美しい水の精は語るのだ。彼女は何でも知っている。未来のミステリーを明らかにする。もちろん、しかるべき謝礼をいただいて、だ。しかも衣装としては、ただ魚の尻尾《しっぽ》が必要なだけ。どんなへたくそな裁縫《さいほう》女《おんな》でもかんたんにつくれるものだ」

伯爵《はくしゃく》は、にこにこ顔をミックルに向けて、「これが我輩《わがはい》のプランだ。単純で、エレガントで、安上がり。あんた、何か意見はあるかね？」

ミックルは肩《かた》をすくめた。「よその家に押《お》し入るよりは、かんたんそうね」

「ぼくの意見を言わせてもらうなら」テオは言った。「まったくのナンセンスです」

「若者くん！」ラス・ボンバスは、むっとした顔でテオを見て、「どうしてあんたは――」

「彼女を見てくださいよ」テオはつづけた。「人魚のふりをした、痩《や》せこけた浮浪児《ふろうじ》を見るために、だれが金を払《はら》うでしょう？」

これは正直な意見だった。しかし、自分の心をじゅうぶんに言いあらわしたものとも言えなかった。ミックルが、大勢の人々の物見高い視線にさらされる。そう思っただけで、テオはなぜか、妙《みょう》な胸の痛みを感じたのだ。

誇《ほこ》りを傷つけられたラス・ボンバスは、胸を張って、「うたがいもなく、あんたはもっとよいプランを持っているのだろうな」

「ええ、もちろん――持っています」そう言ってしまってから、テオは、さあ何と答えようかと思った。口をつぐんで、懸命《けんめい》に思いをめぐらせた。何かアイデアはないだろうか。

それからつづけた。「あなた、前に、死者の霊魂《れいこん》を呼びもどすことについて、何か話していませんでしたか？」

「ああ、あれは、なかなかむずかしいのだよ。霊《れい》はそうやすやすとはもどってこない」伯爵は言った。「言いかえれば、我輩の手にあまったのだ」

「いまならできますよ。あの作り物の腕《うで》や足、それに〈ウルトラ・ヘッド〉をひとつにまとめて人間の形にする。ミックルには、黒いローブにフードというすがたで、ろうそくを立てたテーブルにすわってもらう。霊は、その人形《ひとがた》は、どこからともなくあらわれる――マスケットとぼくがそれを紐《ひも》であやつるんです――そして話しはじめる。これはもうミックルの得意技《わざ》ですよね」

伯爵は、しばらく押《お》し黙《だま》っていた。やがて顔がかがやき、口ひげがぴくぴくした。そして、感動に震《ふる》える声でささやいた。「ミックルに霊魂の言葉をしゃべってもらうんだな。〈口寄せ姫《ひめ》〉ってわけだ。ふむ、ふむ、ふむ。目に浮《う》かんできたぞ。実にすばらしい！」

「絵の具と絵筆はありますよね」テオは言った。「ぼくが客寄せのためのポスターを描《か》きますよ」

ラス・ボンバスは賞賛の微笑《びしょう》をテオに送り、「若者くん、たいしたもんだ。あんたには第一級イカサマ師の資格があるよ」

伯爵はさっそく、がらくたの山の中から四角いボール紙をとりだし、テオに、すぐ描きはじめるようにと言った。

テオは、絵の道具を持つと、幌《ほろ》馬車から少し離《はな》れたところに行って腰《こし》を下ろし、文字を描き始めた。ポスター向きの派手な書体だ。アントン親方にこんな描き方を教えてもらったのが、悔《く》やまれてきた。

テオは、ただただ、ラス・ボンバスがミックルを見世物にするのを防ぎたいばかりにこのプランを言い出したのだが、結局、同じ程度にいかがわしい計画に伯爵《はくしゃく》をみちびくことになってしまった。伯爵の褒《ほ》め言葉は、彼をいっそう落ち着かなくさせていた。自分は、じっさいにイカサマ師の資格を持っているんじゃないだろうか、と思った。そうだ、ぼくは人殺しにだってなっていたかもしれないんだ。いったい、ぼくという人間は……。

ミックルは、テオの周囲をうろつき、時おり、近づいて肩越《かたご》しにのぞきこんだりした。「何て書いてあるの？」

自分で自分を苦しい立場に追いこんでしまったテオは、だれにたいしてもいらだっていたが、とりわけミックルにたいしては、つっけんどんになった。「見ればわかるだろう？」

ミックルは首を振《ふ》った。「わたし、文字を知らないんだ」

「きみ、字が書けないの？」テオは絵筆を置いた。「読むこともできないのかい？」

「読み書きを覚えたかったのだけど、だれも教えてくれなかった。ハンノは、そんなもの泥棒《どろぼう》にとっては時間の無駄《むだ》だ、と言っていたし。教護院は、オートミールを食べさせて、あとは悔《く》いあらためなさいのお説教だけ。だから、文字を教わってないの」

「お父さんやお母さんからは教わらなかったの？」

「それは無理ね」

「二人とも読み書きできなかったの？」

「知らない。どちらも、わたしが小さいときに死んじゃったんだもの。わたし、両親のことを覚えてさえいない。ずっと祖父といっしょに暮らしていたんだけど、祖父も死んじゃって。もう、だれからも教えてもらえないわね」

「そんなことないよ」テオは、自分がいらだっていることを忘れていた。「かんたんなことだ。ぼくがまず、書いて見せてあげるよ。いま、やりたいかい？」

ミックルはうなずいた。テオはポスターをわきに置くと、一枚の紙を拾いあげた。ミックルは目を大きく見開いて、となりにしゃがんだ。

「大文字から始めよう」テオは絵筆を動かした。「見てごらん。これが最初の文字、Aだ」

「聞いたことがある。それでこれ、何に似ているの？」

「いまは覚えること。AはリンゴⅠ(Apple)だ」

「何ですって？」ミックルがさけんだ。「リンゴは知ってる。でもこれ、リンゴじゃないわ」

「発音のことを言ってるだけさ」テオは言った。「よし、それならAは、矢じり(Arrowhead)にしよう」

「そのほうがいい。そう、ちょっと似ているわ」

「次はBだ。これはボート(Boat)だ。帆《ほ》に風をはらんで走るボートさ。お次はC――」

「どこまでつづくの？」ミックルは口をとがらせた。「いちばんいいのだけ話してよ」

「全部知らなくちゃならないんだ。二十六ある」

少女はヒューと口笛を吹《ふ》いて、「そんなにたくさん？　それを全部、いっぺんに使わなきゃならないの？」

「もちろん、そうじゃない。しかし、ある言葉を書く場合、ひとつひとつ、字を書いて言葉をつくらなくてはならない」

「かったるい仕事ね。わたし、もっと早いやり方を知ってるわ」ミックルは、両手の指を、小さく、すばやく動かしてみせた。「これは、祖父とわたしがいつも語り合っていたやり方なの。祖父は耳も聞こえず、口もきけなかったの。祖父が死んだあと、わたしはこれを、もっとちゃんとしたものに仕上げた。捕《つか》まって教護院に入れられたとき、ほかの女の子たちにこれを教えたの。院長は、わたしたちが指を使って話し合っているなんて、つゆ知らず。彼女、わたしたちが、ただもじもじしているのだと思っていたのよ。それからハンノといっしょになって、ありとあらゆる種類の記号をつくりあげたの。こぶしを――こんなふうに――ただ挙《あ》げるだけで、『気をつけろ、だれかやってくる』という意味になる。泥棒《どろぼう》商売では、声を立てずに話ができれば、こんなよいことはないもの」

「ぼくに教えてくれるかい？」

「なぜ？　泥棒になるつもりなの？」

「いろんなことを学ぶのが好きなだけさ。ねえ、取り決めをしようよ。きみはぼくに、きみのその指を使った話し方を教えてくれ。ぼくはきみに、数字と文字を教えるよ」

「いいわよ」ミックルは言った。「でもケチるのは、なしよ。二十六の文字全部を教えて。数字も全部ね」

絵の具は固まりはじめていた。終わりしだいに授業をつづけることを約束して、テオはポスターの仕事にもどった。ミックルはそばを離《はな》れず、彼の仕事ぶりに見入っていた。

しばらくたってから、テオは彼女のほうを向いて、静かに聞いた。「きみ、いま、だいじょうぶかい？」

少女は眉《まゆ》をひそめた。「どういう意味？」

「きみ、昨夜《ゆうべ》泣いていたよ」

「そんなことない！　わたしは、生まれてから一度だって泣いたことなんてない。祖父が死んだときも泣かなかったし、院長に革紐《かわひも》で打たれたときも、ハンノのときだって――」

「ぼくは聞いたんだよ」テオは言った。「見たんだよ――きみが泣くのを。きみは、きっと悪い夢を見ていたんだろうな」

少女は、しゃがんだまま後ずさりし、それから、さっと立ちあがった。何も答えず、幌《ほろ》馬車のほうに走り去った。テオが呼んでも、振《ふ》り返りもしなかった。

ラス・ボンバスが、そろそろ出かけるからポスターを仕上げてくれ、とさけんでいた。手が震《ふる》えて、テオは、文字をひとつ書き損じた。

9 国外追放

カバルスは幸せだった。公務を次々とこなして、ジュリアナ宮殿《きゅうでん》の中をせかせかと歩きまわっているが、しかし、首を垂れ、口をへの字に結んで、見たところ、あまり喜ばしげなようすではない。アウグスティン国王がとつぜん倒《たお》れてからというもの、宰相《さいしょう》は、あれこれの不安な瞬《しゅん》間《かん》を過ごしてきた。このカバルスを養子にするという提案は、聞いただけで発作《ほっさ》を引き起こすほどに気に入らないものだったのだろうか。しかし、そうであるならば、回復しつつある国王は、このおれをただちに解任していたはずだ。ところが国王は、おれを、これまで以上に必要としている。ほかのどの大臣にも会おうとしない……。だから、カバルスは幸せだったのだ。

どんなに幸せであっても、彼は、そんな感情をおもてに出すことはしない。原則として彼は、重苦しさ、いかめしさ以外の表情をしめすことはない。パンクラッツだけが理解していた。カバルスの苦虫《にがむし》を噛《か》みつぶしたような顔つき、陰陰滅滅《いんいんめつめつ》たる雰囲気《ふんいき》、これこそが、カバルスが最良の精神状態にあることをしめしているのだということを。

求められていた状《じょう》況《きょう》が、ごく単純に生まれていた。

トレンス博士は、国王に、とくに何の治療《ちりょう》もほどこさなかった。瀉血《しゃけつ》もせず、下剤《げざい》もかけず、温湿布《おんしっぷ》を当てることもせず、薬を呑《の》ませることもしなかった。ところが、カバルスの当惑《とうわく》したことに、アウグスティンはいくぶん、以前の健康を取りもどしたのだ。

トレンスが認めるように、それは肉体だけの健康だった。国王は、新しいエネルギーを古い願望への執《しゅう》着《ちゃく》に費やした。カバルスは、これについて国王をあきらめさせるつもりなど毛頭なかった。国王をいさめるどころか、次から次へと心霊《しんれい》術師や降霊《こうれい》術師を呼び寄せて、国王に会わせていた。こうした人たちは、それぞれ、自分独自のやり方で死者の霊《れい》を呼びもどせると豪語《ごうご》していたが、全員に共通しているのは、口先だけ、ということだった。つまり、待てど暮らせど、王女の霊は出てこなかった。そのたびにアウグスティンは失望し、それが彼の健康に悪い影《えい》響《きょう》をあたえて、トレンス博士の努力の成果を帳消しにしていたのだ。

トレンスは憤激《ふんげき》していた。彼は国王に、そんな無駄《むだ》で無意味で有害なことはもうおやめくださ い、と懇願《こんがん》していたが、カバルスは、当然ながら国王の肩《かた》を持った。君主の要望に奉仕《ほうし》することこそが、宰相たる者の神聖なる義務なのだとがんばり、そうすることによって、国王と王室医務官とのあいだにくさびを打ちこんだ。アウグスティンとトレンスの関係は、日を追って、冷ややかなものになっていった。

嵐《あらし》は、カバルスが希望したよりも早く起きた。国王がある霊媒師《れいばい》と会った直後のことだ。このペテン師は、色眼鏡《いろめがね》をかけた、つるつる頭の小男で、ありもしない自分の才能を本気で信じていた。ぜんぜん霊《れい》を呼びもどせないものだから、自分で失望落胆《らくたん》し、そのようすを見た国王もがっくりして、またしても昏倒《こんとう》寸前の状態となった。

トレンス博士は、一時間以内にそのことを知った。呼ばれもせず、許しも得ず、ただちに王の居室に飛びこんだ。国王は青ざめ、震《ふる》えて、ぐったりと椅子《いす》にもたれていた。カバルスは飛びあがって両手を広げ、医師の前に立ちはだかった。

「あんたは、ここに用事はないはずだ」カバルスは、怒《いか》れるトレンスを押《お》しやりながら言った。「陛下はいま、ご気分がすぐれない」

トレンスはかまわず、アウグスティンに語りかけた。「陛下、以前から申しておりますとおり、ああいうイカサマ師にお会いになるのは、陛下のお為《ため》になりません。陛下の主治医としてのわたしの意見は――」

「あんたの意見など、だれも求めてはいない」カバルスがさえぎった。「子どもを失った父親の悲しみ、真に気高《けだか》く王者らしい父親の憂《うれ》い、そういうものは、あんたの浅はかな学識では理解できないものなのだ」

「悲しみは王者の特権ではありません」カバルスには見向きもせず、トレンスは言った。「だれもが、憂いにしずむ権利を持っています。しかし、度を越《こ》してはいけません。陛下はだいぶ回復なさっている。わたしは、わたしの努力の成果がペテン師たちによってぶち壊《こわ》されるのを見たくありません」

「ほう、あんたの努力の成果とやらは、そんなにかんたんにぶち壊されるものなのか」カバルスは言った。「そうだとしたら、あんたのやり方は、はじめからお粗末《そまつ》なものだったのだ。陛下がなぜ、ずっと失望を味わっておられるのか。その理由は単純明白だ。彼らにあたえる報酬《ほうしゅう》がじゅうぶんでなかったのだ。最高の能力を持った人々を引きつけるだけのものでなかったのだ。本日以降、陛下のご同意のもとに――そうでございますね、陛下？――従来を大幅《おおはば》に上まわる額の謝礼をあたえることにした。陛下と、亡《な》き王女殿下《でんか》との対話を可能ならしめた者には、最高の報酬があたえられることになったのだ」

「まるで餌《えさ》だな」トレンスは切り返した。「国じゅうのならず者どもが飛びついてくるだろう。額が大きいほど、ならず者の数も大きくなる。そのへんのことは、宰相《さいしょう》閣下、あなたが、だれよりもよくご存じだろうが。陛下、陛下はこれに同意されたのですか？」

アウグスティン王のくちびるが動いた。しかし、声はあまりにもかすかで聞きとれなかった。

「陛下は、完全に同意しているとおっしゃっている」カバルスは得意そうに言った。「あんたとはこれ以上語りたくないそうだ」

トレンス博士は、ジュリアナ宮殿《きゅうでん》の中で、ずけずけした物言いをすることで知られていた。しかしいま、彼は、いつにないやさしい口調で言った。「陛下。われわれのだれもが、墓の向こうに何が横たわっているかを知りません。わたしはただ、陛下に次のことを申しあげることができます。死は、わたしにとってなじみのないものではありません。わたしは、自分の望む以上に死を見てきました。病気、事故——形は異なりますが、結果は同じです。死のあとに何がわたしたちに起こるかは、わかっていません。しかし、死はひとつの事実です。もしわたしの言葉が陛下を傷つけたのなら、どうかお許しください。しかし、王女は亡《な》くなっているのです。その純然たる事実を受け入れないかぎり、陛下はすべての誤った希望の餌食《えじき》となるでしょう」

アウグスティンの顔は苦悩《くのう》にゆがんだ。「いや！　あの子は帰ってくる！」

「陛下、お願いです。ああいう無益なでたらめは禁じねばなりません——」

「あんたに何が禁じられるのだ！」カバルスがさけんだ。「あんたは、父親と娘《むすめ》のあいだに、あえて立ちふさがるのか？」

「そうだとも！」トレンスは言い返した。「そうだとも！　神にかけて、カバルス、わたしはこの愚行《ぐこう》を終わらせるために、全力を尽《つ》くすつもりだ」

「陛下、この男の言葉をお聞きになりましたか？」カバルスは、ショックと憤激《ふんげき》のあまり後ずさりして、「とうとう本音《ほんね》を吐《は》きおった！　白状しおった。この男、陛下に刃向かっている。忠良なる臣民ならば、陛下と王女さまとが、たとえ束《つか》の間であれ再会がかなうよう努力するのが当然。それなのに、その逆のことを望んでいる人間のことを、いったい何と呼べばいいのか？」

カバルスは、王室医務官にたいして憎々《にくにく》しそうに指を突《つ》きつけ、「あんたは、臣下の道にそむいたのだ。そんな者が、陛下のおそばで仕事をつづけるわけにはいかない。ただちに解職だ。この国にいるわけにもいかない。国外追放だ。さあ出ていけ。せいぜい身の回りに気をつけることだな。こんなに軽い罰《ばつ》ですんだことをありがたく思え」

「あんたがそう言っているだけじゃないか。国王陛下は何も言っておられない。あんたは、国王を自分の意のままにあやつろうとして、躍起《やっき》になっている。その努力はたいしたものだよ」

トレンスは、農民のような腕《うで》と肩《かた》を持った、たくましい男である。カバルスをわきに押《お》しやり、アウグスティンの前に片膝《ひざ》をついた。

「陛下、どうかお聞きください。陛下は、無駄《むだ》なことのために、ご自身の命と健康を危険にさらしておられます。この悪党は、陛下の言葉と称《しょう》して、勝手に自分の思いを述べています。どうかご自身のお考えを語ってください」

アウグスティンのくちびるが震《ふる》えた。震えてはいたが、今度ははっきりと聞き取れた。「わたしはおまえを追放する。この国にふたたび足を踏《ふ》み入れたなら、おまえの命は失われる。これが国王の意思である」

トレンスは、国王に横面《よこつら》を殴《なぐ》られたかのように、数歩、後ろに下がった。

カバルスは腕組《うでぐ》みをした。「トレンス博士、お聞きのとおりだ」

はかりごとをたくみに行なえば、だれでも、どんな人物でも、おとしいれることができる。宰《さい》相《しょう》カバルスは、そのことを体験によって知っていた。それにしても、王室医務官は実にたわいなく、罠《わな》にはまった。これほどかんたんにいくとは、カバルスも予想していなかった。

トレンス医師は自室で、荷造りを終えていた。医療《いりょう》道具に身の回りの品など、宮殿《きゅうでん》から持って出るものはごくわずかだった。

静かにドアの開く音がしたので、そちらを見ると、カロリーヌ王妃《おうひ》だった。王妃がこの部屋にあらわれたことにもおどろいたが、それ以上にトレンスが心配になったのは、王妃の取り乱したようすだった。こんなふうに感情をあらわにした彼女を見たことはなかった。懸命《けんめい》に意志の力を働かせているらしいが、両手の震《ふる》えが抑《おさ》えられないでいる。トレンス医師はお辞儀《じぎ》をし、微苦《びく》笑《しょう》を浮《う》かべ、室内が散らかっていることを詫《わ》びた。

「王妃陛下。ご存じのようなしだいで、急遽《きゅうきょ》、退出せざるを得なくなりました。宰相《さいしょう》は、すでにわたしの死刑執行《しけいしっこう》令状を用意しているようです。絞首刑《こうしゅけい》になったわたしを見るのは彼の大いなる喜びでしょうが、わたしとしても、そこまで彼を喜ばせたくはありません。わたしを国外追放したという満足感あたりで勘弁《かんべん》してもらいたいと思っております」

「間に合ってよかった。もう宮殿を去ってしまわれたかと思いました」カロリーヌ王妃は言った。「何という卑《いや》しむべきことでしょう。ただの犯罪人だって、身辺整理にはもっと時間をあたえられていますのに」

トレンスは低く笑った。「カバルスにとって、わたしは、もっともただならぬ犯罪人なのです。

なにせ、わたしは国王陛下に真実を語ったのですから。ともあれ、宮殿を去る前にはかならず王妃さまにお目にかかり、ごあいさつをするつもりでした。そして、今回のことについて、わたしの側からの説明を申しあげるつもりでした。カバルスは、うたがいもなく、嘘《うそ》いつわりに満ちた彼なりの説明を始めることでしょうから」

「彼はもう、それを始めています。もちろん、わたしはそれを信じず、すぐ王のところに行きました。でも、王はわたしに会おうとせず、わたしはあなたの力になれませんでした。こうして国王陛下は、もっとも頼《たよ》りになる友人を失うのですね」

「まったく失ったわけではありません」

「どうしてです？　大臣たちのほとんどはカバルスの言いなり。残りは黙《だま》りこくっているばかり。あなたが去れば、王のひとつの拠《よ》りどころが、あなたとともに去るのです。カバルスは実に賢明《けんめい》に事を運びました」

「悪党は正直者よりも賢明であるわけではありません。悪党はただ、悪事をなす場合、正直者以上に必死に働くのです。とはいえ、カバルスの勝利が保証されたわけではありません」

王妃は、いぶかしげな視線で医師を見た。

トレンスはつづけた。「わたしの荷物は、すぐに港に運ばれます。出航する船に荷物を載《の》せるには、申請書《しんせいしょ》が必要です。目的地が遠ければ遠いほど、申請書の検査には時間がかかり、都合がよいのです」

「そんなに遠くへ行かなければならないの？　もっと近いところにも、あなたが安全でいられる国はあるでしょうに」

「わたしが言いましたのは荷物のことです。わたし自身のことではありません。わたしはウェストマークを離《はな》れる意志など、さらさらありません。王妃《おうひ》さまには、できるだけ頻繁《ひんぱん》に連絡《れんらく》を差しあげるつもりです。いつもそれが可能とはいかないかもしれません。何の連絡もないときには、万事うまくいっているか、あるいは最悪の事態が起きたか、そのどちらかです。いずれにせよ、希望を失わないでください。あなたと国王陛下には、まだもうひとつの拠《よ》りどころがあります。わたしはそれを探し出し、全力を尽《つ》くしてそれを育てます。やがてそれは、もっとも頼《たよ》りがいのあるものとなるでしょう。わたしは、王妃陛下、ウェストマークの民衆のことを言っているのです」

「わたしたちの臣民のことを？　でも――」

「わたしは『民衆』と言いました、陛下。彼らは、相互《そうご》の愛情と忠誠によって王家と結ばれており、その意味では王家の臣民ですが、生まれながらの権利としては、民衆です。本来、何ものにも従属しない自由な人々です。この王国にはびこる不正、弾圧《だんあつ》など、嘆《なげ》かわしいすべての事態は、王家や君主制のせいではなく、カバルスの政治のせいで起きています。民衆の多くもそう思っていると、わたしは信じます。ですからわたしは、王家の側に立ってカバルスと戦う民衆を見つけ出したいのです」

「ずいぶん庶民《しょみん》階級に期待をかけていらっしゃるのね」王妃は言った。

「そうです」トレンスはほほえんで答えた。「わたし自身、庶民階級の一員ですから」


真夜中近く――。トレンス博士の出発準備が終わり、彼の荷物を港に運ぶための荷馬車がやってきた。トレンスは別の幌《ほろ》馬車に乗って、荷馬車の先を行く。幌馬車の窓をみな開け放し、ランプをみなともして、波止場《はとば》に行ってくれ、と大声で命令した。小さなバッグをひとつ持っただけ。ほかの持ち物はすべて犠牲《ぎせい》にしようと心に決めていた。

波止場に着くと、一軒《けん》の船員宿に入った。ここで荷物の申請書《しんせいしょ》を提出し、外国行きの商船の船長に会ってその船に乗せてもらうよう交渉《こうしょう》し、承諾《しょうだく》を得た。おおっぴらに金貨で代金を支払《しはら》い、自分の荷物をすぐ積みこむようにたのんだ。潮流のようす、出航時間、目的地に着くまでの日数などをたずね、居心地のよい船室を用意してくれよ、と言った。実は、その船室に入るつもりなど、まったくないのだが。

こうしたやりとりは、宿の談話室の、多くの人々のいる前で行なわれた。そのあとトレンス博士は、とあるテーブルに腰《こし》を下ろし、ワインを注文して、ゆっくり時間をかけて飲み終わると、グラスを置き、金を払《はら》い、さてそろそろ船に乗るとするか、と声高《こわだか》に言った。

彼は船員宿を離れ、埠頭《ふとう》に沿った道を足早に歩いた。すでに、カバルスが送ってきたスパイの見当はついていた。粗布《あらぬの》のズボンに薄《うす》よごれた上着の船乗り。あいつに違《ちが》いない。身なりはふつうの船員なみに乱雑だったが、手の爪《つめ》が泥《どろ》やタールでよごれていないのは、宿に居合わせた者の中で、あの男だけだった。

トレンスの計画は、宰相《さいしょう》のスパイの目を避《さ》けることではなかった。逆に、スパイに自分をしっかり見てもらうことだった。スパイはもちろん、トレンスが船に乗ってしまうまで、彼を監視《かんし》しつづけるだろう。乗ってしまったと思いこませて、スパイが油断した隙《すき》にそっと後もどりし、波止場《はとば》の路地のひとつにすがたを消すのだ。それにふさわしい暗い路地はないだろうかと、トレンスは歩きながら周囲に目をくばっていた。

例の船乗りがついてきていた。あまりにも近くだった。これで気づかれないと思っているのなら、スパイの資格はない。トレンスは、見ていないふりをするのが精いっぱいだった。

男はさらに近づき、すぐ真後ろに来た。トレンスは足を止めた。こうなったら、対決するほかはないだろう。男はナイフを持っていた。そうだったのか。トレンスは、自分が長い医師生活の中で一度もおかしたことのない失敗――明白なことを見落とすという失敗――をおかしたことを悟《さと》ったが、もう手遅《ておく》れだった。スパイがやってくるだろうとは思っていた。しかし、暗殺者が送られてくるとまでは思わなかったのだ。

10 二つの夢

三人は、午後の中ごろフェルデンに着き、町の中心にあるマーケット広場に幌《ほろ》馬車を停めた。ラス・ボンバスの判断によれば、ここは、彼らの目的にぴったりの土地なのだった。

「町が大きいから、金持ちの旦那衆《だんなしゅう》がいる。といって、極端《きょくたん》に大きくはないから、旦那衆があまり口うるさくない。〈口寄せ姫《ひめ》〉が商売するにはもってこいの場所だ。さらなる名声と収入のために、せいぜいがんばろうぜ」

ラス・ボンバスは、軍服めいた服に勲章《くんしょう》のたぐいをびっしりつけていた。どこの国のものとも知れない勲章だが、しかし、いかにも偉《えら》そうな感じがすることはたしかだった。燦然《さんぜん》ときらめくその風体《ふうてい》で、彼は町の最大の下宿屋に入っていき、いちばんよい、家具つきの続き部屋を借りたいのだが、と重々しく言った。目をくらまされた主人は、ただもう恐《おそ》れ入って、前払《まえばら》いの問題を持ち出すこともせず、いそいそと、この家ではいちばん高級な部屋を見せた。二階にある続き部屋で、かつてはあるダンス教師が借りていたらしい。広くて天井《てんじょう》の高いサロンにラス・ボンバスはひと目で惚《ほ》れこみ、その場で、ここを借りることにした。

フリスカが心地よく厩舎《きゅうしゃ》に収まったのを見とどけると、伯爵《はくしゃく》とマスケットは下宿屋を出た。町をひと回りしてようすを見、いちばん人目につくところにポスターを貼《は》ってくるという。宿に残ったテオは、伯爵の荷物の整理がすむと、あとはやることもなく、ひと休みしていた。

何という贅沢《ぜいたく》な部屋だろう。こんな部屋に足を踏《ふ》み入れたのは生まれて初めてだった。きっとミックルもそうだろうと思ったが、彼女の反応は、部屋の装飾《そうしょく》をちらちらと見やって、ハンノが見たら、なんだ盗《ぬす》む値打ちなんかないものばかりだと思うでしょうよ、と言っただけだった。

その言葉で万事決着がついたかのように、ミックルは、もう部屋をながめようともせず、ソファの上に横たわって体を伸《の》ばし、両足をかたわらの小テーブルに載《の》せた。テオの説得を受け入れて、彼女はフェルデンに入る前に、川で、あっさりとではあるが体を洗っている。ラス・ボンバスがくれたトレビゾニア人の服を着ているが、テオがこれを着たときとくらべても、あまり似合っているとは言えない。

ボルンを離《はな》れて以来、ミックルはほとんどテオに話しかけてこない。それが、テオには苦しくもあり、腹立たしくもあった。なぜそんな気持ちになるのかは、わからなかった。ひまつぶしに伯爵のがらくたをかきまわしていたら、きれいな紙と木炭の棒が見つかった。それを持って、窓に近寄った。気晴らしに市場をスケッチしようと思ったのだ。

が、どうも落ち着かない。目がついついミックルのほうを向いてしまう。しかたなく、彼女の肖像《しょうぞう》を描《か》くことにした。かんたんに仕上げようとしたが、うまくいかなかった。文字を書くのと同じくらい容易に絵も描けるはずのテオが、ミックルをしげしげと見れば見るほど、描けなくなるのだ。ついに紙を引き裂《さ》き、もう一度描きはじめた。

ミックルがぱっと立ちあがったので、テオはスケッチを中断した。このところテオを無視していたミックルだが、好奇心《こうきしん》には勝てなかったらしい。肩越《かたご》しにのぞきこんで顔をしかめ、「それって、わたしなの？」と言った。

「そのつもりだった。でも、違《ちが》う」頬《ほお》が赤くなっているのは感じたが、それについて、どうすることもできなかった。「きみをきれいに描けなくて——」

ミックルは首を振《ふ》った。「そんなこと、たのんでない」

「いや、ぼくが言っているのは、そういうことじゃない。ある瞬間《しゅんかん》、きみはおびえた小鳥のように見える。そして次の瞬間、まるでカバルスに立ち向かうかのように勇ましく見える。きみは、きみの友だちが絞首刑《こうしゅけい》になったときも泣かなかったと言うけれど、でも、きみは眠《ねむ》りながら泣いて、それを覚えていない。ときどき、きみは、虫も殺さないかのようにやさしそうだったかと思うと、悪党みたいな罵《ののし》りの言葉を吐《は》き、煙突《えんとつ》みたいにタバコをふかす。伯爵に言わせれば、きみは天才だ。それでいて、きみは字を読むことも書くこともできない。ぼくは、そんなすべてを紙の上に描《えが》き出すことはできない。きみのほんとうのすがたが、ぼくにはわからないんだ」

「それでいいのよ」ミックルはようやく、にっこりと笑った。「わたしだって、あなたのほんとうのすがたなんて、わからないんだもの。伯爵《はくしゃく》はペテン師だ。それはもうはっきりしている。コロコロちゃんは良い人間。でも、どうやってあなたが彼らと付き合うようになったのか、わたしにはわからない」

テオはためらった。とつぜん、彼女に自分の身の上を話したくなった。そのくせ、何もかも話してしまう気にはなれなかった。

どちらにするか決めかねているうちに、部屋の外が騒《さわ》がしくなった。食料品店の使いの少年が、食べ物でいっぱいの大きなバスケットを運びこんできた。つづいて、ワインの瓶《びん》をしこたまかかえた酒屋の主人。そして最後に、ラス・ボンバス自身が入りこんできたのだが、その巨体《きょたい》の後ろには、仕立て屋や理髪師《りはつし》や大工《だいく》たちがぞろぞろと……。

何が起きているのかわからないうちに、テオは、いろんな布を肩《かた》にかけられ、体のあちこちを計られ、チョークでしるしをつけられ、ピンを留められて、チョッキや上着やズボンのための寸法をとられた。ミックルは、きらめきうずまくレースやサテンの雲の中に消えていた。マスケットのすがたも見えなかったが、ただ、大工たちに指図する彼の甲高《かんだか》い声が、ドンドンガタガタという騒音《そうおん》を越《こ》えて聞こえていた。

「いったいどうなってるんです、支払《しはら》いはだいじょうぶですか？」おどろいたテオは、ラス・ボンバスに聞いた。

ラス・ボンバスは、二人の理髪師に捕《つか》まって、顔を剃《そ》られたり、髪粉《かみこ》をふりかけられたりの最中だった。

「だいじょうぶ、だいじょうぶ」伯爵はほほえんだ。「信用という名の奇跡《きせき》だよ。付けでしこたま買う人間は、現金でちまちました買い物をする人間より、信用されて大事にされるんだよ」

大工たちは、サロンの一方のすみに、舞台《ぶたい》のようなものと木製の枠《わく》をつくった。夕方、彼らが帰っていくと、家主とその妻がやってきて、豪勢《ごうせい》な夕食を出してくれた。ラス・ボンバスは食事中ひっきりなしに立ちあがり、一同の現在と将来の幸運のために、乾杯《かんぱい》の音頭《おんど》をとった。テオは大いに食べた。腹がいっぱいになると、疲《つか》れも出てきた。ようやく自分の部屋の自分のベッドに寝《ね》るという贅沢《ぜいたく》を味わえるのだ、と胸をはずませながら、寝室《しんしつ》に急いだ。ミックルはまだテーブルを離《はな》れず、食べ残しをしないよう、がんばっていた。

テオは疲れきっていて、羽毛の枕《まくら》とマットレスの感触《かんしょく》を楽しむどころではなかった。石のようにそれらの中にしずみこみ、寝入《ねい》ってしまった。

それからどれだけの時間がたったのだろうか、とつぜん、悲鳴が彼の眠《ねむ》りを引き裂《さ》いた。

テオは体を起こした。頭がもうろうとしていた。意識がはっきりする前に、体が反応した。悲鳴がミックルの部屋から聞こえたことを頭が認識したときには、すでに立ちあがり、境のドアを押《お》し開けて入りこんでいた。

ナイトテーブルの上に、ろうそくが、かぼそく光っていた。ミックルは、くしゃくしゃになった毛布のわきで、うずくまっていた。顔は真っ青で、汗《あせ》まみれ。大きく見開かれた目には、ただ恐怖《きょうふ》の色だけが浮《う》かんでいた。入ってきたのがテオだとわかっているようすもない。テオは駆《か》け寄った。

ミックルは両手を伸《の》ばし、抱《だ》きついてきた。テオは、子どもにするように、左右に揺《ゆ》すってやった。もつれた髪《かみ》をなでつけてやった。ミックルの頰《ほお》と額《ひたい》は氷のようだった。

「何でもない、何でもない」テオは言った。「また悪い夢を見たんだ。もうだいじょうぶだよ」

「おぼれかけていたの。水が頭の上まで来ていて、どんどん体がしずんで、息ができなかった」

気がつくと、ラス・ボンバスとマスケットが後ろに立っていた。伯爵《はくしゃく》は、ナイトキャップを横っちょにかぶっていた。マスケットに、ワインを一杯《ぱい》持ってくるようにと言い、心配そうに少女をのぞいた。

「すぐに良くなるよ。夢を見たんだろ？　夕食を食べすぎたんだよ。そうに決まってる」ラス・ボンバスは、ベッドのわきに腰《こし》を下ろし、明るい声で笑った。とはいえ、テオに向かっては、ちらりと不安な視線を投げかけていた。「おぼれるだって？　それなら、きみはまったく安全だ。我輩《わがはい》の知るかぎり、ベッドの中でおぼれた者はいないからな」

ミックルは、マスケットが持ってきたワインをすすった。少ししゃくりあげ、鼻を手の甲《こう》でぬぐった。頰がいくぶん赤みを取りもどしていた。それから、ようやくほほえんだ。しばらくすると、伯爵のナイトキャップについて生意気なことを言ったり、マスケットと冗談《じょうだん》をかわしたり、テオの口真似をしたりしていた。

それでも、まだおびえていた。テオにはそれがわかった。ラス・ボンバスとマスケットがそれぞれの部屋に引き揚《あ》げたあとも、テオはとどまった。少女が眠《ねむ》りに落ちるのを見守り、そのあとも、ずっと眠らずに付き添《そ》っていた。ミックルは身動きひとつせず、眠りつづけた。


次の朝、ミックルは口数が少なく、物腰《ものごし》がやわらかだった。これがまた、テオには心配の種になった。マスケットは作り物の腕《うで》や足をつなぎ合わせるのにいそがしかったし、ラス・ボンバスは、サロンに並べる椅子《いす》がいまあるのでは足りない、よそから借りてくると言って、出かけていた。ミックルの気持ちをまぎらして少しでも明るくなってもらおうと、テオはふたたび、彼女の肖像画《しょうぞうが》を描《か》きはじめた。

今度は、彼女を窓ぎわにすわらせ、動かないでと言った。はじめのうちは、せっせと手を動かし、わりあいうまく描けた。そのうちに、彼女の顔をじっと見つめるばかりで、手は宙にとどまったまま、という状態になってしまった。まるで、絵を描いていることを忘れてしまったかのようだった。

ミックルは、もじもじしはじめた。首が突《つ》っぱってきちゃった、これ以上じっとしているのはいやだよ、と言った。じゃ、文字の勉強をしようかと言うと、うん、と明るくうなずいた。二人は日当たりのいい部屋の片すみにすわって、頭を寄せ合った。

テオがまず、アルファベット全部を急いで口にした。それから最初にもどり、二つか三つの文字ずつ、順々に教えていくつもりでいた。ところが、始めてみると、ミックルはアルファベット二十六文字を、ほとんど完全な順番ですらすらと唱えてみせたのだ。

「これで全部なの？」

「やさしいと言っただろ」とテオは答えたが、まさかこんなに早く覚えてしまうとは思わなかったよ、とは付け加えなかった。教師としてのぼくの腕《うで》はすごいのだな、と思いたいところだったが、そうでないことはわかっていた。ぼくの教え方なんか関係ない。ミックルがおどろくべき少女なのだ。ラス・ボンバスの言ったとおり、彼女は天才なのだ。

「次は、言葉をつくる勉強をはじめよう」と、テオは言った。

ミックルは興味を失っていた。窓の外をながめていたが、やがて、振《ふ》り返った。落ち着かないようすだった。

だいぶためらったあとで、ようやく口を開き、「どう思う？　昨夜《ゆうべ》のことだけど――いつか、わたしは水におぼれるのかしら？　教護院の子たちは、夢はこれから自分の身に起こることを告げるのだって、よく言っていたんだけれど」

「そんなのナンセンスだよ。きみは悪い夢を見た、それだけだ。それはもう消えて、もどってはこないんだ」

「それは――消えてしまわないの」ミックルは、堰《せき》を切ったようにしゃべりだした。「わたし、よくその夢を見るのよ。毎回、そっくり同じというわけじゃない。ときどきは井戸《いど》なの。そこでわたしは水を飲もうとしているの。用水路のときもある。水でいっぱいの用水路。両岸がすごく高くて、とてもよじのぼれないの。そういう違《ちが》いはあるけれど、でも、終わりはいつも同じ。わたしはおぼれて、だれも助けてくれる人はいない。昨夜《ゆうべ》は、声が聞こえたわ。だれかが恐《おそ》ろしいことを言っていた。どんなことだったかは思い出せない。そして、だれかが笑っていた。こういうのは初めてだったし、いままでに見た夢の中では最悪だった」

テオは顔をしかめた。「いつもそんな夢ばかり見てるのかい？」

「いや」少女は彼の手をとり、きつくにぎった。「もうひとつの夢もある。怖《こわ》い夢じゃない。ただ、この夢を見ると、悲しくなって泣いてしまう。母と父が出てくる夢なの。はじめのうちはすてきな夢。わたしたちは幸せで、笑いながら、かくれんぼをして遊んでいる。前に、よく、両親とかくれんぼをして遊んだのよ。わたしが隠《かく》れる番になって身を隠す。母と父は一生懸命《けんめい》探すけれど、わたしを見つけられない。母と父がわたしのことを呼んでいる。でも、わたしが答えても、二人にはわたしの声が聞こえない。両親はとても悲しんでいる。わたしも悲しい。二人にもう二度と会えないことを知っているから、悲しくてしかたないの」

ミックルは震《ふる》えていた。それから、すっと体を離《はな》して、あとはひと言も発せずに自分の部屋に行った。

テオは立ちあがり、あとを追おうとした。が、マスケットが、こっちに来て手を貸してくれ、とさけんでいた。どうもおかしいな、とテオは思った。ミックルの話の中に、腑《ふ》に落ちないところがある。たしか、ボルンの町のはずれで、ミックルは、両親はとっくに死んでいる、両親のことは何も知らない、と話していたはずだが……。

11 悲しみの夜

〈ウルトラ・ヘッド〉は、いまや幽霊《ゆうれい》のようなすがたになっていた。白い紗《しゃ》に包まれ、作り物の手足をつけられて、ふらふらと動きまわる。知らない人が見たら、腰《こし》をぬかしたことだろう。

テオとマスケットは天井《てんじょう》に滑車《かっしゃ》を取りつけ、細い黒い紐《ひも》を人形《ひとがた》に結びつけたのだ。彼らは暗幕の陰《かげ》の隠《かく》れ場所から、人形《ひとがた》をあやつり、それが自分でサロンを歩きまわっているように見せることができた。一方ラス・ボンバスは、ミックルに〈口寄せ姫《ひめ》〉としての役割を教えこんだ。

その週の終わりには、準備万端《ばんたん》ととのった。その夜、伯爵《はくしゃく》は大満足で、サロンのすべてのドアを開いて、観客をみちびきいれたのである。

見に来る人なんているだろうかと、テオはひそかに思っていた。こんなイカサマにだまされる人がいるはずはない、と思いながら、幕ののぞき穴から客席をのぞいてみて、自分の目が信じられなかった。部屋はひどく暗くて、数を確認することはできなかった。が、椅子《いす》のほとんどが埋《う》まっていた。ミックルは黒いローブを着て、一本だけのろうそくの光の中にすわっていた。テオの指示したとおりだった。

やがて、ミックルが身振《みぶ》りでシグナルを送ってきた。それに応じて、彼とマスケットは紐《ひも》を引っぱった。幽霊《ゆうれい》はすっと空気中に立ちあがり、観客は息を呑《の》んだ。キャーッと、半分楽しそうな悲鳴もいくつかあがった。後ろの座席にいた客の一人は気絶して、テオの考え出した演目《えんもく》のすばらしさを身をもって証明してくれた。

ラス・ボンバスは、観客たちに、いかなる心配ごとについてでもこの幽霊に相談しなさい、と口上《こうじょう》を述べた。〈口寄せ姫《ひめ》〉にたいして、いっせいに質問の声があがった。ひどい結果になるのではないかと、テオは身を引きしめた。一人の紳士《しんし》は、死んだ伯父《おじ》の遺言書の隠《かく》し場所を知りたがった。伯父は、すべての地所を彼に譲《ゆず》ると書いてくれているはずなのだという。一人の女性は、これからどういう色が流行するのかについて、ひどく不安そうに霊魂《れいこん》の助言を求めた。

テオは、ミックルが笑い出すのではないかと思った。しかし、少女はまじめな顔をしていた。身じろぎもせずにすわって、目を閉じて、深い忘我《ぼうが》の淵《ふち》にしずみこんでいるとしか思えなかった。お得意の声のトリックを使って、彼女は〈ウルトラ・ヘッド〉が、不気味な、陰気《いんき》な口調で話しているように見せた。しかし、どの答えも、その中身はひどく漠然《ばくぜん》としていて、質問したほうが、それぞれ自分の好きな意味に取ることができるようだった。だまされたことへの憤然《ふんぜん》たるさけびがあがると思いきや、観客たちは、やんやの喝采《かっさい》だった。

質問は途切《とぎ》れることなくつづき、ラス・ボンバスはついに、〈口寄せ姫〉はくたくたに疲《つか》れております、と宣言せざるを得なかった。幽霊も本日の出番はこれまで。暗い冥界《めいかい》に帰ってもらうというわけだ。ラス・ボンバスは「また後日お出かけください」と言って、観客たちを帰らせ、最後の一人が出ていってしまうと、全部のドアにかんぬきをかけた。

「すばらしい！」ラス・ボンバスは、隠れ場所から出てきたテオとマスケットに向かってさけんだ。つづいてミックルを抱《だ》きしめ、「娘《むすめ》っ子よ、最高だったぞ！」

それから、ふくらんだポケットの中に手を突《つ》っこんでは、硬貨《こうか》をつかみ出して宙に投げ、「ほら見ろ！　たくさんありすぎて数えきれないぞ！」

「どんなに儲《もう》けがあろうと」テオはつぶやいた。「ペテンは、しょせんペテンです」

「そのとおりだよ、若者くん」ラス・ボンバスは幸せそうに答えた。「我輩《わがはい》がこれまでにやってのけた最良のペテンだ。もちろん、功労者はあんただ。我輩はあんたに感謝せねばならん。あんたが発案し、我輩を実行にみちびいた。すばらしい発想だ。何もかも、あんたのおかげだ」

テオは何も答えなかった。自分が恥《は》ずかしかった。自分の案がこんなにもうまくいったことに愕然《がくぜん》としていた。同時に、自分が心のどこかで、まんざらでもなく思っていることを認めざるを得なかった。

ミックルは、どんな後ろめたさも持ってなどいないようだった。そのあとの数日間、彼女は最高の精神状態にあった。あの悪夢はもどってこなかったし、別の夢を見ることもなかった。

〈口寄せ姫《ひめ》〉には夜まで義務がなかったので、自由時間はたっぷりあった。午前中はテオについてアルファベットの勉強をした。文字を完全に覚えてしまったので、今度はそれを書くことを始めた。二十六文字を唱えるのも早かったが、それで言葉を書くのも、同じくらい早く学んだ。

ミックルは約束を忘れなかった。午後は、彼女が教師になり、あの〈だんまり言葉〉をテオに教える番だった。テオは、ミックルほど呑《の》みこみの早い生徒ではなかった。

「だめ、だめ。また間違《まちが》えている」ミックルは言った。「親指を上にあげるの、横向きにするんじゃなくて。さあ、わたしの指をよく見て」

テオは、少しずつコツをつかんだ。あらゆる機会をとらえて、彼女に教わり、練習し、しだいに上手になっていった。ミックルがアルファベットを覚えてしまったので、テオは、それぞれの文字に相当する指の動きを考案した。こうして、〈だんまり言葉〉だけでは正確に対応できないとき、ミックルは指を動かして、説明の言葉をアルファベットであらわした。

一週間たつかたたないうちに、二人は、どんなことでもひそかに語り合えるようになった。とてもすばやい小さな動きだったので、ほかの人が見ても、この二人が沈黙《ちんもく》の暗号を使っているなどとは夢にも思わなかった。ラス・ボンバスとマスケットは、若い二人が四六時中いっしょにいることに気づかないはずはなかったが、特別、何も言わなかった。

町の人々が〈口寄せ姫〉に飽《あ》きてくれないだろうか。テオはそれを期待し、希望さえした。とところが、毎晩サロンに詰《つ》めかけるフェルデンの町の人々は、増えていくばかりだった。収益はうなぎのぼりでラス・ボンバスはほくほくだったが、テオの良心は、擦《す》りむいた膝《ひざ》のようにずきずきした。

ある日思い切って、テオは伯爵《はくしゃく》に、ぼくたち、いつ移動するんですかとたずねた。

ラス・ボンバスは、目をぱちくりさせてテオを見た。「何てことを言うんだ！　まだ始めたばかりじゃないか。これからどんどん儲《もう》けなくちゃならない。実のところ、我輩《わがはい》は、入場料を倍にしようかと思っているんだ」

「ぼくは、もうこんなことやめるべきだと思っているんです」テオは言い返した。「こんなこと、やるべきじゃなかったのに、ついつい、ここまでやってしまった。人々をペテンにかけるより、もっとまともなことがあるはずです」

「だれが、だれをペテンにかけたんだね？」伯爵は口をとがらせた。「罪のない遊びじゃないか！　あんたは一瞬《いっしゅん》でも思うのかね、彼らがあれを、これっぽっちでも信じていると？　彼らは文句を言っているかね？　みんな喜んでいるんだ。くよくよするんじゃないよ、若者くん。さあて、あんたの気に入りそうなアイデアを思いついたぞ。サロンにいくつかテーブルを置いて、お客さんに清涼《せいりょう》飲料を飲んでもらうんだ。これはきっと人気を呼ぶぞ」

次の夜、テオは、伯爵の言うとおりだと、ほとんど認めたい気持ちになっていた。〈口寄せ姫〉見物は、いまやフェルデンの上流階級のあいだで一種の流行になっている。おそらく、もっとよい娯楽《ごらく》がないからだろう。客はますます増えていた。出し物を見に来るのでもあり、自分の顔を見せに来るのでもあった。〈ウルトラ・ヘッド〉の不思議な動きを楽しみ、〈口寄せ姫《ひめ》〉の物悲しげな魅力《みりょく》を鑑賞《かんしょう》するために来るのでもあった。人々はたがいに雑談をかわし、げらげら笑い合った。テオの見るかぎり、だれも、ミックルの語る幽霊《ゆうれい》の言葉をほんとうには信じていなかった。ラス・ボンバスは芝居《しばい》小屋を開いたようなものだったのだ。

しかしそのとき、テオは、ちらと見かけた。これ見よがしに着飾《きかざ》った観客たちの中に、黒い喪服《もふく》に身を包んだひと組の男女がまじっている。二人の服装だけが、まわりのきらびやかさと異なっていた。女の荒《あ》れた手、男の日焼けした顔、がっしりした肩《かた》。きっと近くの村から出てきた農民夫婦だろう、とテオは思った。二人は町の人々の真ん中に、落ち着かないようすですわっていた。

会がそろそろ終わろうというころになって、女がようやく立ちあがった。ミックルと〈ウルトラ・ヘッド〉に向かって、ぺこりぺこりとぎこちないお辞儀《じぎ》をした。観客のあいだにくすくす笑いが起こったので、女はおずおずとあたりを見まわし、ひと言も発しないまま、また腰《こし》を下ろそうとした。

「どうぞ、奥《おく》さん」ラス・ボンバスは言った。「〈口寄せ姫〉は疲《つか》れてきています。おたずねになりたいことがありましたら、急いでお話しください」

「あの――」農婦はためらい、顔を赤らめた。「わたしらの娘《むすめ》が、一週間前に死にましただ。熱病で、あっけなく行ってしめえました。わたしら、娘を取りもどすことはできやしねえ。それはわかっとります。教えていただきてえのは、どこにいるにせよ、娘はそこで幸せにしているんであんしょうかってことなんで」

〈ウルトラ・ヘッド〉は、農婦に、娘さんはこの世で生きていたどのときよりも幸せに過ごしています、と請《う》け合った。女は、もごもごと感謝の言葉をのべた。そうであんすか、それでわたしらも安心いたしやした……。

ほかにご質問のある方は、とラス・ボンバスは室内を見まわしたが、手を挙《あ》げる者はいなかった。観客たちは、不安そうな、当惑《とうわく》したような表情になっていた。中には、立ちあがって出ていこうとする者もいた。まるで、農婦の悲しみが彼らの楽しみに影《かげ》を投げかけたかのようだった。

伯爵《はくしゃく》はついに、今夜の集まりはこれにておしまい、と宣言した。

「どうして、こんなことをやっていられるんです？」観客の最後の一人が行ってしまうやいなや、テオはラス・ボンバスに食ってかかった。「あの二人は、悲しみに打ちひしがれていました。彼らにとっては、あれは、ただのお遊びじゃなかった。彼らは真剣《しんけん》に聞き、真剣に受けとめたんです。それなのに、ぼくらは、でたらめを言っただけ……」

「若者くん。あの夫婦は大いに満足したじゃないか」ラス・ボンバスは答えた。「あんたはいったい、何を求めているんだい？」

「ああいうことはもうやらない」テオは言った。「それがぼくの求めることです。罪のない遊びと呼ぶのもいいでしょう。でも、あなたは、物事をよく知らない人たちを利用してお金を儲《もう》けています。それは不誠実です。軽蔑《けいべつ》すべきことです」ミックルに向き直り、「きみ、ぼくの言っていることがわかるだろ？　ぼくらのやっていることを見ているんだから――」

「わたしは、あなたのやりたがったことをやっているの」少女は言い返した。「これって、そもそもあなたの考え出したことでしょう？」

「いや、きみもやはり、わかっていない」テオはまくしたてた。「きみは、何が正しくて何が間《ま》違《ちが》っているのかが見えないのか？　それとも、そういうことを気にしないのか？　残念だな。もう少しまともな考え方をする人だと思っていたのに」

ミックルは、顔を平手打ちされたかのように息を呑《の》み、目を見開いた。何も答えずにフードを頭にかぶると、自分の部屋に走っていった。

いまの言葉を口にしたとたん、テオは舌を噛《か》み切りたいほどだった。何ということを言ってしまったのか。ミックルのあとを追おうとする彼を、ラス・ボンバスが引きとめた。

「ほっておけ。あんたはもう、あの子の気持ちを傷つけたんだ。いまさらジタバタしても、よけい悪くなるだけだ。朝まで待て。ひと晩寝《ね》て、心を落ち着けてから、仲直りするんだ」

「この町を離《はな》れましょうよ」テオは言った。「ほかの土地に行って、何か別の出し物だってやれるはずです」

「〈口寄せ姫《ひめ》〉を変えろだと？　あんなに評判がいいのに？　冗談《じょうだん》じゃない！　問題にならん

よ！　あんた、よく眠《ねむ》るんだ。朝になれば、もっとまともな気分になるさ」

　テオは押《お》し黙《だま》ったまま、自分の部屋に行き、ベッドに身を投げた。ミックルを傷つけたことが悔《く》やまれて、何とかして償《つぐな》いをしたかった。とはいえ、それだけでは自分の良心を満足させることはできなかった。ラス・ボンバスは、やり方を変えるつもりはまったくないらしい。

　テオは、彼のことが好きだった。かつてアントン親方を好きだったのと同じくらいに好きだった。しかし、ラス・ボンバスは生まれながらのならず者だ。そしてテオ自身、このまま行けば、ならず者になってしまうのが目に見えている。そんなテオを見て、アントンは何と言うだろう。少なくとも、誇《ほこ》りに思わないことはたしかだ。

　答えは明らかだ。ずいぶん遠くまで来てしまった。おそらく、引き返せないほど遠くまで来てしまった。でも、自分にわずかでも残った誠実さを救うためには、ラス・ボンバスのもとを去るしかない。早ければ早いほどよい。いまだ。今夜だ。明日に延ばしたりすると、それを実行する勇気がなくなってしまうかもしれない。

　そう心に決めたとたん、気がついたことがあった。ミックルを置いて行くわけにはいかない。ミックルと離れることはできない。ミックルと別れると思うだけで耐《た》えられなかった。テオは、彼女を傷つけはしたものの、いずれはわかってもらえると信じていた。彼女を連れていこう。心をこめて説得すれば、その気になってくれるはずだ。

テオは立ちあがり、急ぎ足で彼女の部屋まで行った。手を上げてドアをたたこうとして、その瞬間《しゅんかん》、動作が凍《こお》りついた。そうだった。ひとつのことを忘れていた。ぼくはお尋《たず》ね者だった。指名手配され、いつ何どき逮捕《たいほ》されるかもしれない逃亡者《とうぼうしゃ》だった。そんな自分が、彼女に、いっしょにいてほしいとたのむことができるわけがない。たとえ彼女が望んだとしても、そんなことをさせるわけにはいかない。彼女を自分と同じ危険におとしいれることになってしまう。イカサマ師であろうと何であろうと、ラス・ボンバスといっしょにいれば彼女は安全だ。

手を下ろした。しばらくドアの前に立っていたが、やがて踵《きびす》を返し、自分の部屋にもどった。まだ完成していないミックルの肖像画《しょうぞうが》が、テーブルの上にあった。それを手にとろうとしたが、すぐ首を振《ふ》った。彼女を思い出すようなものなど持っていかないほうがいい。そのほうが、苦しみは少なくてすむだろう。

何も持たずに、静かに階段を下りた。さよならのあいさつはしない。そんなことをしたら、決意がにぶってしまうと思ったのだ。マーケット広場を横切った。町は眠《ねむ》っていた。もう夏が近かったが、夜は涼《すず》しかった。

テオの心には何の疑念もなかった。なにしろ、正しい、尊敬すべきことをやったのだ。ラス・ボンバスといっしょになってから初めて、良心の安らぎを感じていた。

そのくせ、悲しくてたまらなかった。

第三部　フロリアンと若者たち

12 フライボルグの居酒屋

ストローマーケット街のはずれにあるその下宿屋は、フライボルグ市の不思議のひとつに数えられていた。特別のいわれがあるわけではない。このおんぼろの建物が立っていること自体が不思議とされたのだ。

いたるところに蜘蛛《くも》の巣が張っていて、もしかすると、これらが、建物のもっとも強力な支柱なのかもしれなかった。狭《せま》い、がたがたの階段が四階まで這《は》いのぼっているが、これが崩《くず》れ落ちずにいるのは、ただただ習慣の力によるものだろう。壁《かべ》はひび割れだらけで、ところどころ土がはみだしている。屋根瓦《がわら》は、風に舞《ま》う秋の落ち葉のように絶え間なく地面に落ちてくる。とはいえ、この下宿屋には、よそに負けない長所が二つあった。安い部屋代と、ぜったいに質問をしない家主である。

最上階の部屋は、パン屋の窯《かま》よりも少し大きいだけ。夏には蒸《む》し焼きになりそうなほど暑いが、代々の間借り人は、まあこのぶん、冬には凍《こお》りつくくらい冷えるのだからと思って、自分をなぐさめてきた。この小部屋、わりあい空《あ》いていることが多いのだが、この二ヵ月ほどは、一人の手紙代筆人が住んでいる。代筆人の名はデ・ロスという。

この新しい名は、テオが自分で選んだものだった。新しい職業と住まいは、フロリアンの尽《じん》力《りょく》によるものだった。

フェルデンを離《はな》れた夜、テオは田園地帯を横切り、ほぼ南をめざして進んだ。一度も休まず歩いて夜明けになったが、日がのぼっても歩きつづけ、数時間後、足が前に出なくなってようやく腰《こし》を下ろした。彼は心に決めていた。ミックルのこと、伯爵《はくしゃく》のこと、マスケットのことはいっさい考えない、と。彼らに結びつくいかなるもののことも考えない、と。その結果、ほかのことは何も考えなかった。ミックルに会えないということ——このことは、彼に忍《しの》び寄り、歯の痛みのように心をうずかせた。彼は、最初は無視した。否定した。それから完全に屈服《くっぷく》した。

次の何日かは、まっすぐ南に進んだ。夜は、物置小屋や干し草の山があればそこに入りこみ、さもなければ、藪《やぶ》にもぐりこんだり、畑に横たわったりした。農家の人々からのもてなしは、求めもせず、断わりもしなかった。ときどき、ひと包みの食べ物と引き換《か》えに、厩舎《きゅうしゃ》の掃除《そうじ》をしたり薪《まき》を割ったりした。自分の行動のりっぱさを信じ、自分の意志の強さを誇《ほこ》らしく思っていた。そして、風邪《かぜ》を引いた。

ある日の昼下がり、高邁《こうまい》な気分にあふれ、鼻をぐすぐす言わせながら、フライボルグの町にたどりついた。たぶんテオは、はじめから、この町をめざしていたのだ。カバルスが宰相《さいしょう》になる以前、アントンが大学の学者たちの仕事を引き受けていたころ、この古い町のことを、テオは、目のくらむような、ほとんど魔術的《まじゅってき》な、学問の都《みやこ》だと感じていた。来て見れば、灰色の町で、街路は狭《せま》く、有名な大学の塔《とう》は想像していたよりも小さかった。しかし、腹の減りすぎたテオは、自分の失望について考えるどころではなかった。

広場の一角、アウグスティン大王の像に面したところに、一軒《けん》の居酒屋があった。仕事と引きかえに食事をさせてほしいと思って中に入ったが、立てこんでいて、主人らしい男は見当たらなかった。給仕たちは、テオなど見向きもせずに働いている。しかたなく、近くのテーブルのベンチの端《はし》っこに尻《しり》を割りこませ、頭を壁《かべ》にもたせかけた。

そのテーブルには、五、六人の若い男女が着席していて、楽しそうに語り合い笑い合っていた。テオのとなりにいるのは、大きな額《ひたい》に太い首、髪《かみ》が早くも薄《うす》くなりかけている若者だったが、テオが引きつけられたのは、その若者の前に置かれたスープの皿だった。テオの鼻は、詰《つ》まっているといっても、スープのうまそうなにおいを通過させないほどではない。テオは、そのにおいにうっとりとなり、よだれを垂らさんばかりになった。

「ストック」テオの真向かいにすわっている若者が言った。「その人、きみのスープに惚《ほ》れこんだみたいだよ」

テオはハッとした。まるで皿が磁石であるかのように、彼の頭は、少しずつ少しずつ前にかたむいていたのだ。もごもご詫《わ》びを言ったが、それはかえって、彼を、若者たち全員の凝視《ぎょうし》にさらしただけだった。

「いま決定されるべきことは」真向かいの若者はつづけた。ほかの者たちは黙《だま》って聞き入っていた。「彼が、なぜ、そのように強く心を引かれたかだ。スープにわれわれの知らない隠《かく》れた魅力《みりょく》があるのか？　ストックのテーブルマナーに秘密があるのか？　あるいは、もっと別の理由があるのか？」

この若者は、テオよりほんのいくつか年上でしかないようだったが、なぜか、年齢《ねんれい》とは関係ない権威《けんい》を身につけているらしかった。髪は薄茶色で、束《たば》ねないいまま長く伸《の》ばしている。両頬《ほお》と、すっきりと通った鼻筋に、小さなあばたが散らばっている。好奇心《こうきしん》に満ちた目つきでテオをながめていたが、その灰色の目には、すべてのものを見逃《みのが》さず、観察し、計算し、結果を割り出するどさが宿されていた。

ぼくを笑い者にしようとしているな――テオはそう感じた。もし彼が鏡をのぞいてみたなら、それも無理はないと思ったことだろう。髪はもつれ、服はしわくちゃで泥《どろ》だらけ、顔は垢《あか》がこびりつき、日焼けしてざらざらだった。

「この人、おなかがすいてるのよ、フロリアン」若い女の一人が口をはさんだ。金髪《きんぱつ》で、幅《はば》の広い顔。しじゅう洗濯《せんたく》をする女性らしく、両手が丸くふくらんでいる。

「明らかにそうだ。しかし、どの程度までかな？　あえてイェリネック親方のスープに挑戦《ちょうせん》するほど腹を減らしているのかな？　まあこれは、すぐわかることだ。理論は実践《じっせん》において証明されるのだからね。その人にきみのスープを差しあげなさい、ストック。さあ、けちけちしないで」

不平のうなり声とくすくす笑いとを同時にもらしながら、ストックは言われたとおりにした。つづいてフロリアンがひょいと指を立てると、二人の給仕がすっ飛んできて、一人はテオの前にグラスを置き、もう一人はそれにワインを注いだ。

つづいて、フロリアンは自分のグラスを手にとり、「乾杯《かんぱい》しよう。いつもわれわれの心の中にいる人——われらが宰相《さいしょう》のために」

テオはカッとなった。疲《つか》れすぎていて、礼儀《れいぎ》などかまっていられなかった。グラスをわきへ押《お》しやり、「やりたければ自分たちだけで乾杯してください。ぼくはごめんだ。だれがあんなやつのために——」

「仲間たち！」フロリアンはさけんだ。「聞いたかい？　この青年は、ほとんど飢《う》え死にしそうな状態なのに、自分の原理原則を守っている。見上げたものじゃないか。同じ試練にさらされた場合、われわれは同じように行動するだろうか？」テオに向き直り、「きみは勇敢《ゆうかん》に、しかし不注意に語っている。きみは法律家の心は持っていない。自分の心を自由に表現している。これはきみにとって、たいへんけっこうなことだ。わたしはいま、ただ『宰相のために』とだけ言った。

べつに彼の健康のために、とか、彼の政治の発展のために、などとは言っていない。もしかすると、とほうもないことを、きみが彼について思っているのと同じことを、祈《いの》って乾杯しようとしたのかもしれない。きみは、間違《まちが》った結論にとびついたのかもしれないよ。考え直す気はあるかい？――まあ、いいから、いっしょにやろう。われわれが毎日こんなふうに食事の会をしているとは思わないでほしい。今日は特別。リナの誕生日を祝ってるんだよ」フロリアンが金髪《きんぱつ》の女性に向かって会釈《えしゃく》すると、彼女は立ちあがり、笑いながらお辞儀《じぎ》をした。「ふだんは、空腹に耐《た》えていることが多いのさ」

テオは、あなたたちは学生なのかと聞いた。とんでもない、と言わんばかりの笑い声や口笛が返ってきた。

「知識への飢えを持った者は、いまではだれ一人、大学へは行かない。教授たちの半分は辞任した。残りの半分は、学問の名に値《あたい》しないでたらめを教えているだけだ。王立奨《しょうがくきん》学金の制度もいまや、なくなったも同然。民衆の知性なんて、カバルスの目から見れば厄介《やっかい》ものでしかない。迷《まい》子《ご》の猫《ねこ》みたいなもので、餌《えさ》をやらなければどこかへ行ってしまうと思っているんだ。ともあれ、わたしの仲間たちを紹介《しょうかい》させてくれたまえ。みんな、鷲《わし》の雛《ひな》だ。翼《つばさ》を広げて羽ばたく日をじりじりしながら待っているんだ。

まず、尊敬すべきストックだ。一見、猛牛《もうぎゅう》みたいだが、本質的には詩人で夢想家だ。……こちらはジャスティン」

フロリアンは、ほっそりした青白い顔の若者を指さした。テオとほぼ同じ年ごろで、とても黄色くてほとんど白くかがやいて見える髪《かみ》、長いまつげ、瞳《ひとみ》はあざやかなすみれ色だ。

「ジャスティンは天使のような顔をしているのに、そのくせ、血に飢《う》えた悪魔《あくま》みたいなところがある。たぶん、父親が絞首刑《こうしゅけい》になるところを見てしまったせいだろう。それから女神が二人。金髪《きんぱつ》のリナと赤毛のザラ。いつもわれわれをみちびき励《はげ》ましてくれる」

それから、フロリアンは立ちあがり、片手を胸に当て、大げさな演説家風のポーズをとった。

「自己紹介をしよう。わたしは法律の勉強をしていた。しかし、あるとき悟《さと》ったんだ。法律はただひとつ、自然そのものが定めた規則しかない、と。人間はすべて兄弟であり、そのことをさまたげる者のみが犯罪者である、と。きみはさっき聞いたね、学生なのかって？　そう、学生だとも言える。ただし、われわれの教室は広い世間なのだ」

仲間たちの拍手《はくしゅ》がすむと、フロリアンはいっそうおだやかな声でつづけた。

「そして、若い人よ、きみはどうしてここにやってきたのだい？　きみの商売は、その身なりから見て案山子《かかし》か何からしいが、そのたぐいの仕事、あまり働き口はないのじゃないかな」

テオは、熱のせいで耳がじんじん鳴り、ワインのせいで少し頭がくらくらしていた。そのうえフロリアンは、話を引き出す奇妙《きみょう》な力を持っているようだった。ドルニングのことは、だれにも秘密にしておこうと心に誓《ちか》っていたので何とか話さずにすんだが、あとのことは洗いざらいしゃべってしまった。なにしろ、十数日のあいだというもの、十数語の言葉しか話さなかったのだ。

しゃべらずにはいられなかった。ラス・ボンバスたちとの旅のこと、ミックルのことも話し、自分は、彼女の身の安全のために別れてきたのだ、と言った。それから、ようやく、自分がしゃべりすぎたことに気づき、口をつぐんだ。

「彼、彼女を愛していたのね」リナがため息をついた。「りっぱな行為《こうい》だわ。すばらしいことよ」

「いや、バカげたことだね」ザラは言った。

フロリアンは手を上げて、みんなの発言を制した。「ねえ、仲間たち。われわれが集まっているのは、他人《ひと》の行動に判断を下すためじゃない。これからどうすべきかを考えるためなんだぜ」

そう言うと、赤毛のザラと一瞬《いっしゅん》小声で言葉をかわし、テオに向き直った。「この女神が、きみの宿の面倒《めんどう》を見てくれる。きみ、何と言う名前か、教えてもらえるかな？」

「えーと」テオは、逮捕状《たいほじょう》のことを思い出し、口ごもった。自分の正体をなるべくさらけ出したくなかった。「――デ・ロスというんです」

「じゃ、彼女といっしょに行きたまえ、デ・ロスくん」フロリアンはにやりと笑った。「われわれはここでしばらく話し合っている」

ザラは、テオをストローマーケット街に案内した。とちゅう、彼女は少しも口を利《き》かなかった。テオも同様だった。さっきのザラの言葉にまだ腹を立てていたのだ。

下宿屋の前まで来て、テオが部屋代の持ち合わせがないのだけれど、と白状すると、ザラは肩《かた》をすくめ、あとで家主と話し合えばいいでしょう、フロリアンが保証人なんだから、待ってもらえるわよ、と言った。

「フロリアンって何をしているの？」テオは聞いた。「彼の仕事は何？」

「彼の仕事？」ザラはちらりと微笑《びしょう》を浮《う》かべて、テオを見た。「フロリアンであることが、彼の仕事よ」

13
手紙代筆人

次の日、たっぷりと睡眠《すいみん》をとったテオは、居酒屋への道を急いだ。フロリアンに礼を言い、別れを告げたかった。ラウンジには昨日の一団は見えなかった。店主のイェリネックは、テオの顔を昨日見かけて覚えているようだった。頑丈《がんじょう》な小男で、こういう店の主《あるじ》としてはおどろくほどに気立てのよい彼は、親指を動かして、台所わきの小部屋をしめした。

ドアの内側はにぎやかで、テオのノックは聞こえないか、無視されているかだった。しかたなく、ドアを開けて入りこんだ。落ち着かない気分だった。だれかが、怒《いか》りに満ちてまくしたてていた。

ストックだった。テオがやがて知ることになるように、ストックは、どんな議題についてもこういう調子でしゃべるのだ。たくましい詩人は腕《うで》を振《ふ》りたてながら、歩きまわっていた。フロリアン、ジャスティン、そしてテオが顔を知らないほかの数人は、厚板のテーブルのまわりに腰《こし》を下ろしていた。

「戦闘《せんとう》は、詩と同じだ」ストックは朗誦《ろうしょう》するように言った。「死をうたったソネット（十四行詩）だ。兵士たちは詩句、血は句読点、攻撃《こうげき》と反撃《はんげき》は頭韻《とういん》と脚韻《きゃくいん》だ。騎兵《きへい》と歩兵は――」

「じゃ、砲兵《ほうへい》は何に当たるのだい？」聞き手の一人が横槍《よこやり》を入れた。テオがあとで知ったのだが、ルーサーという男だった。「感嘆符《かんたんふ》かい？　おもしろい考えだ。しかし、それにはただひとつの欠点がある。現実の戦闘と何のかかわりもないってことだ。わたしの忠告を聞いて、書くことに専念するんだな」

テオをちらりと見て、フロリアンは手招きした。「ストックは詩の元帥《げんすい》であることをやめて、詩を創《つく》る元帥になろうとしているのさ。で、きみは何の用？」

「出かけます。宿賃はあとであなたに送ります」

「出かけるって？　どこへ？」

「どこでもいい、仕事を見つけられるところへ」

「近ごろは、田舎《いなか》を歩きまわっても、ろくなことはないよ」フロリアンは言った。

「ともかく、ぼくは食べていかなければならないから」

フロリアンはしばらく考えた。「きみ、きちんとした字は書けるかい？　このフライボルグの町で、公式の手紙代筆人の口があるんだ。以前やっていた人が死んでしまってね。ストックでもいいのだが、彼は、そういう仕事は自分のような天才のやるものじゃないと思っている」

「ぼく、できますよ」と、勢いこんで話し出したものの、テオはすぐ口をつぐんだ。前日、ドルニングでの出来事については何も話さなかった。今日も、まだそうする気にならない。もしすべての真実を知ったなら、フロリアンはいまの話を引っこめるかもしれない。逃亡者《とうぼうしゃ》をかくまうことは、逃亡者であることと変わらない犯罪なのだ。

テオはひとつ息を吸いこんでから、早口に言った。「あなたは、ぼくにいてほしくなくなるかもしれない。話しておかなければならないことがあるんだ」

「じゃあ、話したまえ」テオの落ち着かないようすを見て、フロリアンは、ほかの者たちに出ていくよう合図した。

二人だけになると、テオは言った。「実は――厄介《やっかい》ごとに巻きこまれているんだ」

「われわれはみな、そうだよ。つづけたまえ」

しばらく、つらそうにためらったあと、テオは意を決して、全部しゃべった。おどろいたことに、彼が話し終えても、フロリアンは少しもおどろかなかった。

「きみ、たいへんだったんだね」フロリアンは言った。「まったく言語道断《ごんごどうだん》だ。しかしぼくは、もっとずっとひどい話も聞いている」

「ぼくがここにいると、あなたにも、あなたの友人たちにも迷惑《めいわく》がかかる」

「心配するな。何とかなるよ」フロリアンは言った。「実のところ、きみにとって、ここ以上に安全な場所はないかもしれない。だから、それはもう決まりだ」

「話すことはもうひとつあるんだ」

「え？　ずいぶんいろいろ、たまっているんだね」

「ぼくの名前は、デ・ロスじゃない」

フロリアンは笑った。「きみとわたしは似たもの同士だな。わたしの名はフロリアンじゃない」


さっそく、イェリネックの居酒屋の片すみに、テオ専用のベンチとテーブルが置かれた。ペンとインクと紙とは、それらを買えるだけの収入が得られるまでという約束で、店の主人が出してくれた。すべてはあっという間に用意された。まるで、フロリアンが指をパチリと鳴らしたかのようだった。テオはあとで知ったのだが、フロリアンは何か事を起こすとき、いつも指を鳴らした。そうすると、まわりの人たちがさっさと動いて、たちまち、望んだことが実現されてしまうのだった。

その後、テオのすがたが酒場でのなじみの光景になっていくにつれて、ほそぼそとした、しかし絶え間のない依頼人《いらいにん》の流れが、彼をおとずれるようになった。

何とか字を書くことのできる人もいたが、まったく書けない人もいた。だれもが、自分の言いたいことをはっきり表現した手紙を書くことはできなかった。テオの仕事は、この人たちの思いを聞いて整理し、紙の上に書きあらわすことだった。

ある老婦人は、王国検察庁検事総長への嘆願書《たんがんしょ》を書いてくれ、と言ってきた。息子《むすこ》が無実の罪で投獄《とうごく》されているのだという。ある下働きの女は、彼女を捨ててマリアンシュタットに行ってしまった恋人《こいびと》に手紙を書いてほしい、と言った。おなかに赤ん坊《ぼう》がいてこまっているのに、何もかもうまくいっていますという嘘《うそ》の文面だった。

変わらない愛を誓《ちか》う手紙、変わらない愛を求める手紙、裁判沙汰《ざた》にするぞと脅《おど》す怒《いか》りの手紙、借金の返済をもう少し延ばしてほしいとたのむ、おずおずとした手紙……。公式の手紙代筆人というものは、彼が腰《こし》を下ろしている椅子《いす》と同様、家具のひとつにしか見えないらしく、だれもが、ためらうことなく、自分の持つすべての悲しみ、恥《はじ》、恐《おそ》れ、希望をぶちまけた。手紙のほとんどは、ただ送るだけ。返事は来ないのだった。

毎晩、テオは屋根裏部屋の藁布団《わらぶとん》の上で、しばしば目覚めて横たわり、寝返《ねがえ》りを打ち汗《あせ》をかきながら、依頼人たちのさまざまな不運に思いをめぐらした。まるで、それらのことを考え整理してしまわないと、眠《ねむ》りにつけないかのようだった。ときどきは、そんなことはいっさい考えず早く眠ってしまおうとしたが、そうするとかえって多くのことが頭に浮《う》かび、いつまでも眠れないのだった。

彼は圧倒《あっとう》され、恐れを感じた。しだいに謙虚《けんきょ》になっていった。それまで彼は、自分ほどひどい目にあった者はいないと思いこんでいた。そうではなかった。依頼人のほとんどは、もっともっとひどい目にあっているのだと、心から思えるようになった。

毎朝、彼はイェリネックの居酒屋に行った。フロリアンは、居たり居なかったりだった。ときていた。どき彼は、何日もつづけていなくなった。どこに行っているのかとテオは気になった。しかし、ふたたびあらわれたフロリアンは、そんな質問を寄せつけない、きびしい雰囲気《ふんいき》をただよわせていた。

ストックやその他の者たちは、こうしたフロリアンの不在に慣れているようで、そのことについて何も言わなかった。やはり、どこに行っているのかを質問できる雰囲気ではなかった。このことをのぞいては、テオは彼らとうまくやっていたし、彼らとの付き合いを楽しんだ。

金髪《きんぱつ》の女神と赤毛の女神は、明らかにフロリアンに恋《こい》していた。テオには、それがすぐわかった。金髪のリナは夢見心地に幸せに愛を捧《ささ》げていたし、赤毛のザラは、きびしく、ほとんど自分の意志に反して思いを寄せていた。

ふつうは自分の詩を少しでも批判《ひはん》されると怒《おこ》り出すストックも、フロリアンの意見には神妙《しんみょう》に耳をかたむけた。大体において、フロリアンの言葉は、ほろ苦いユーモアに包まれたやさしいものだった。しかし、ときどきは、ぐさりと刺《さ》すようなことも言った。ほかの者はそれを肩《かた》をすくめてやり過ごすことができたのだが、あるとき、フロリアンがジャスティンに、ほんの少しだけ辛辣《しんらつ》なことを言ったとき、ジャスティンは泣き出してしまった。

あとで、テオはジャスティンに言った。「きみは言い返すべきだった。感情を傷つけられて黙《だま》っているのは、よくないよ」

ジャスティンは、テオをじろりと見て言った。「おれは彼の仲間なんだ。彼にたのまれたら、自分の命を捨てたって惜《お》しくないんだ」

フロリアンから「仲間」と呼ばれることは名誉《めいよ》あることだった。テオはそう呼ばれなかった。にもかかわらず、「仲間」に入れてもらいたくてたまらなかった。何かと援助《えんじょ》し関心を寄せてくれるフロリアンだったが、テオにたいしては、やはり、どこかよそよそしいところがあった。たぶん、ぼくはまだそれに値《あたい》しないのだろう、とテオは思った。フロリアンとその仲間たちの生活の中には、テオの立ち入れない部分があった。テオから隠《かく》された部分があった。いったいそれは何なのか。テオは不思議でならなかった。

もうひとつ不思議だったのは、どうしてフロリアンが牢獄《ろうごく》の外にいるか、だった。あれだけ時も場所も選ばず言いたいことを言っている男が、なぜ、捕《つか》まらないでいるのだろうか。町の人々はフロリアンを崇拝《すうはい》していた。テオは最初、警察は町の人々を恐《おそ》れているのだろうと思った。フロリアンを逮捕《たいほ》したら、町の人々が暴動を起こすに違《ちが》いない。警察は、それが怖《こわ》くてフロリアンに手をつけないのだろう。テオはそう思っていたのだが、間違《まちが》いだった。

ある日の午後、二人の警官が居酒屋にやってきて、イェリネックに質問を始めた。逃亡《とうぼう》中の見習い工について何か知らないか……。

自分のことに違いない。テオはすぐそう思った。体じゅう冷や汗《あせ》が噴《ふ》きだした。イェリネックもテオ同様汗だらけになり、両手と顔をエプロンでしきりにぬぐいながら、受け答えしていた。

質問はしつこくつづいた。やがて、フロリアンがいつもの席から立ちあがった。

警官たちにゆっくりと近づき、微笑《びしょう》を浮《う》かべて、そろそろ引き揚《あ》げたらどうだい、と言った。手も上げず、大きな声も出さず、顔から微笑を消すこともなかった。しかし、灰色の目は、氷のように固く冷たく光っていた。警官たちは束《つか》の間、虚勢《きょせい》を張ってわめいたものの、すぐに、いや、いずれにしてもたいした事件じゃないんだ、と口の中で言って、そそくさと出ていった。彼らが恐《おそ》れているのは町の人々ではない。フロリアンだ。テオはそのとき、そう悟《さと》ったのだった。

ここにいるのが安全だというフロリアンの言葉は、口先だけのものではなかった。テオは、そのことに心底感謝していた。彼の精神状態はしだいに落ち着いてきていたが、それでも、ときどきは不安にさいなまれた。自分のいまの暮らしが、意味も値打ちもないものに思えることがあったのだ。

「あの仕事のことは喜んでいるよ」ある朝、居酒屋でテオはフロリアンに言った。「でも、たいしてよいことをしているわけではない。あの人たちの手紙を書いてあげるのだけど、それから何かが生まれてはいない。あの人たちの暮らしを少しでもよくしてあげているわけじゃない。いったいどんな意味があるんだろう？」

フロリアンは答えた。「彼らがきみを必要としている。そのことに意味があるんだ。それに、一通の手紙が何事かを引き起こす可能性は、つねにある。少なくとも、きみは、彼らに希望のともしびをあたえている。何かやることがあるだけでも満足すべきだよ。実のところ――」と言葉を継《つ》いで、「きみに、別のあることをたのもうかと思っているんだ。あらかじめ言っておくが、なまやさしいことではないよ」

「それは何なの？」

「いずれ話すよ」

テオはうきうきしてしまって何かヒントをくれと迫《せま》ったが、フロリアンは、何も言わずにその場を立ち去った。テオの机のわきでは、牢獄《ろうごく》にいる息子《むすこ》を持つあの老婦人が辛抱《しんぼう》強く待っていた。検事総長あての彼女の嘆願書《たんがんしょ》は、もう何度も書いた。一字一句間違《まちが》えずに言えるほどだ。何度出したところで、ナシのつぶてなのだ。あきらめたほうがいい、もうお帰りなさい。そう言ってやるのが老女への最大のサービスだ。テオは、いままでそう思っていた。

彼は老女を手招きして言った。

「さあ、いらっしゃい、おばさん。もう一度やってみましょう」

14 水ネズミ姉弟《きょうだい》

「死人がいるぞ」少年はランタンをかかげて、ボートのへりから身を乗り出した。「がんばって漕《こ》いでくれよ、スパロウ」

少女は弟に言われたとおりにし、ボートは、船着き場から岸壁《がんぺき》へとつづく石段のわきに近づいていった。少年の名はウィーゼル（「イタチ」の意）。小柄《こがら》で、名前のとおりほっそりしていた。スパロウ（「スズメ」の意）はいくつか年上で、弟よりもたくましい体つき。港に忍《しの》びこむ夜の冒険《ぼうけん》でボートを漕ぐのは、いつも彼女の役目だった。

男はうつぶせになって、水に半ばしずみ、半ば浮《う》かんでいた。両足が、波になぶられておだやかに揺《ゆ》れている。

スパロウは、櫂《かい》を櫂座《かいざ》にかけた。「おぼれ死んだのかな？」

ウィーゼルは、艫綱《ともづな》を船着き場の鉄柱に固定し、ボートから飛び出し、男のわきにうずくまった。が、一人で男を仰向《あおむ》けにすることはできなかった。スパロウが来て手を貸した。男の胸に深々とナイフが突《つ》き刺《さ》さっていた。

「けんかだな」ウィーゼルは、しかつめらしくうなずいた。こういう死体は見慣れているのだ。柄《つか》を引っぱってナイフをぬいた。「いい短刀だ」

彼は、獲物《えもの》をベルトにさした。スパロウは、手早くポケットを探りはじめた。彼女は、死人のことは少しも怖《こわ》くなかった。蜘蛛《くも》のことは、考えるだけでも身震《みぶる》いがするのだったが。

上着とズボンには何も入っていなかった。スパロウは顔をしかめ、肩《かた》をすくめた。

ランタンの光が、石段を少し上がったところに横たわるものを照らし出した。人間だ。スパロウは立ちあがった。少年もすぐ気づき、姉につづいて石段をのぼった。

「やっぱり、けんかだったんだ」ウィーゼルは満足そうに言った。

白髪《はくはつ》で無骨《ぶこつ》な顔立ちの男だった。片方の袖《そで》は切り裂《さ》かれ、血まみれになっていた。少女は、さっそくあちこちのポケットを探ったが、やがてヒューと口笛を吹《ふ》いた。コインの入った財布《さいふ》があった。発見はそれだけではない。この男は生きているのだった。ウィーゼルは姉のとなりにしゃがんで、しげしげとながめた。二人とも、生きている〝獲物〟に出くわしたのは初めてだった。

「この人、どうしたらいいと思う、スパロウ？」

少女は下くちびるを嚙《か》んだ。とがった顔で、スズメというより雌《め》ギツネに似ている。男は彼女を見上げていた。何事かブツブツ言っているようだった。

彼女は、前かがみになって耳を近づけていたが、やがてウィーゼルを見やって、「わかんないな、何を言ってるのか。でも、ずっとこうしていたいとは思っていないだろうね」

「それはそうだね」ウィーゼルは言った。

弟と同様、スパロウはおんぼろの服を着ていた。唯一《ゆいいつ》のおしゃれは頭にかぶったスカーフだったが、彼女はそれを取ると、不器用な手つきで男の腕《うで》に巻きつけはじめた。男はうめき、わずかに体を動かして何かの仕草《しぐさ》をするようだった。

「何を言いたいのかな？」ウィーゼルは、このめずらしい発見物にばかり気をとられていたのだが、いま、ふと見まわして、ランタンの光の円の縁《ふち》のあたりに革製《かわせい》のケースが転がっているのに気づいた。走っていって、拾いあげた。「これのことかな？」

ケースの留め金をパチッと開けて中をのぞき、「細いナイフだのいろんなものだ。これは値打ち物だな」

スパロウは包帯をしおわり、自分なりの結論に達していた。「この人、連れていこう」

「ケラーは何と言うかな？」

「喜ぶよ。きっと話し相手になるよ、そうだろ？」

二人でかかえて、やっとこさっとこ石段を運び下ろし、ボートに乗せた。男は、首をすくめたり足を曲げたり、運搬《うんぱん》を助ける小さな動作をする程度には意識があった。そうでなければ、二人は自分たちの〝獲物《えもの》〟を、見つけた場所に残しておくしかなかっただろう。スパロウは、潮の流れが逆にならないうちにと懸命《けんめい》にボートを漕《こ》いだ。

ベスペラ川は、首都マリアンシュタットを貫流《かんりゅう》している。港に近いところで、細い砂嘴《さし》がいくつも川岸から伸《の》びている。〈フィンガーズ〉だ。砂嘴のそれぞれは沼地だったり、灌木《かんぼく》の茂《しげ》みだったりで、その中を、小さな入江《いりえ》が迷路のようにくねくねと入りこんでいる。

フィンガーズは、全体でひとつの手のようなものだ。流れ寄るものを、何でもかんでもつかんでしまう。ときには、動物の死骸《しがい》に混じって、人間の死体が葦《あし》のあいだをぷかぷか流れてくる。これを待ち受けているのが、この海辺に住みついて暮らしを立てている〈拾い屋〉たちだ。水死人の服を探って、何か役に立ちそうな持ち物があれば〝拾い〟、それがすむと、死人をふたたび海にもどして航海をつづけさせてやる。

〈拾い屋〉たちは、おたがいを避《さ》けている。彼らはそれぞれ自分の〝漁場《りょうば》〟を持っていて、それを後生《ごしょう》大事に守っている。つましい農民のように、そこでの収穫物《しゅうかくぶつ》をマリアンシュタットに持っていって、わずかな収入を得る。収穫が少ないときには、幸運にもボートを持っている者は、ほかの場所に乗りこんでいく。波止場《はとば》まで来ると、いつも、何かしら値打ちのある〝落穂《おちぼ》拾い〟ができた。

スパロウはいま、フィンガーズに向かって、せっせと漕いでいる。この老人のことを早く調べたかった。時間をかけて、ゆっくりと調べたい。

ボートが浜辺《はまべ》に着いたときは、もうほとんど朝になっていた。男は船尾《せんび》で、目を閉じてぐったりと横たわっていた。〈拾い屋〉たちには彼が動かせなかった。

「ケラー！」スパロウはさけんだ。「手伝って」

岸から少し離《はな》れた茂《しげ》みの中の粗末《そまつ》な小屋から、ひょろ長い男がそっと顔を出し、それから、姉弟《きょうだい》のほうに歩いてきた。

「急いで」スパロウは命令した。「あんたの話し相手を連れてきたんだ。といっても、もしかすると死んでるかも」

「すばらしいな」ひょろ長い男は皮肉《ひにく》っぽく答えた。若々しい男だった。くしゃくしゃの栗《くり》色の髪《かみ》、青白い顔。「まさにわたしの必要としているものだよ」

ウィーゼルが彼の上着の袖《そで》をつかんで引っぱった。ケラーは船尾《せんび》の男に目をやった。それからもっと近くに駆《か》け寄った。波が寄せて膝《ひざ》まで水に浸《つ》かったが、気にもしなかった。

「さあ」スパロウは言った。「手を貸してちょうだい」

「水ネズミたちよ」ケラーはそう言って、呆《あき》れたような顔でけらけらと笑い、「きみたちは、王室医務官さまを拾ったんだぞ」

トレンス博士は、目を開けて、二つの事実だけ確認することができた。自分が生きていることと、腕《うで》が傷ついていることだ。記憶《きおく》は、それ以外の点はぼんやりして、混乱している。なんだか二人の小鬼《こおに》が自分を運んでくれたような気がする。それとも、あれは夢だったのか。いまは、きたない床《ゆか》に横たわっている。ここがどこなのか、まるで見当もつかない。見知らぬ男がのぞきこんでいる。ぼろを着た少女と少年がじっと見つめている。

「目を覚まされるのを二日も待ちましたよ」見知らぬ男は言った。「人違《ひとちが》いじゃないかと思うときもありました。ここにいるのはスパロウとその弟のウィーゼルですが、なにしろ、この子たちの話だと、あなたは、どこかの船員のあばら骨にナイフを突《つ》き刺《さ》したということですからね。ちょっと信じられない話です。ともかく、この子たち、あなたに絶大な関心を寄せているんですよ、トレンス博士」

「わたしをご存じなのかね？」医師はおどろき、懸命《けんめい》になって上体を起こした。

「お名前はもともと存じていますし、遠くからお顔を拝見したこともあります。蛭《ひる》を使った治《ち》療《りょう》をやらない数少ない医師の一人としても知られている。これは、蛭のような連中が幅《はば》を利《き》かせているこんにち、きわめて感銘《かんめい》深いことです。なにせ、特別でっかい蛭が、この国の宰相《さいしょう》になりすましているのですからね。あっ――お許しください。反論する体力もない方に自分の意見を押《お》しつけてしまいました」

トレンスは顔をしかめた。「反論しようとは思っていないがね。ところで、あなたはわたしをご存じだが、わたしは、どうもあなたを存じあげていないようだ」

「カスパール爺《じい》さんです、と名乗ったならば、あるいはご存じかもしれませんな」

まだまだ人心地《ひとごこち》のついていないトレンス博士だったが、その名前を聞くと、目を丸くし、笑い声を立てた。「カスパール爺《じい》さん」とは、マリアンシュタットじゅうの人が読んでいるといってもいいコミック新聞のタイトルだった。「あなたが？　まさか？」

「彼のしゃべる言葉のすべてを書き、じっさい彼を創《つく》り出したのですから、わたしが彼の名を名乗ってもかまわないでしょう。例の熊《くま》についても同じことが言えますがね」

「あの新聞、毎号、おもしろく読んでいます」トレンスは言った。「カスパール爺さんと彼の熊のかわすおしゃべりは、まことに機知に富んでいる。しかし――カスパール爺さんは、農民風の上着を着て、白い口ひげを生やし、いつも大ジョッキを離《はな》さない。当然、彼を創り出した人も、彼同様、相当の年配者かと思っていましたよ」

「どのみち、このご時世です。だれもがすぐ老けこんでしまいますがね」ケラーは言った。「ともかく、お褒《ほ》めいただいて感謝します。わたしは、この世界をコッケーの種にして暮らしていますが、それというのも、この世界を少しでもケッコーなものにしたいからなんです」

「カスパール爺さんらしい言い方ですな」トレンスは言った。

「じっさいには、熊のほうが頭が切れるんです。お気づきかもしれませんが、熊がいつもカスパール爺さんの発言の揺《ゆ》れを正しています。宰相《さいしょう》閣下は、彼らのユーモアがするどすぎる、切れ味がよすぎて自分の心臓を刺《さ》しつらぬくのじゃないか、と思ったらしい。それで、彼らは――つまり彼らの作者であるわたしは――逮捕《たいほ》され、ごく最近、絞首刑《こうしゅけい》を宣告されました。カバルスをいらだたせる能力がこうして認められたわけで、光栄至極《しごく》なことですが、だからといって喜んでいるわけにはいきません。ほかの雑誌や新聞の編集人といっしょにカロリア牢獄《ろうごく》にほうりこまれて最後の時を待っていたのですが、ごく少数の者が脱獄《だつごく》を図《はか》った。わたしもその中に加わりました。カスパール爺さんの最後の晴れ舞台《ぶたい》が絞首台というのは、気が進みませんでしたのでね。何とか脱獄に成功すると、全員ばらばらに別れ、わたしはここに来ました。この水ネズミくんたちが、それはよくもてなしてくれています。彼らには、お尋《たず》ね者を崇拝《すうはい》する習慣があるようです。

それはともかく、博士、これからどうなさいますか。どこかへ行かれたいのでしたら、おっしゃってください。ご希望がかなうよう努力します。ご自分の意志でここに来られたわけではないのですからね。死んだ船員のことはご安心を。わたしは口の固い人間です」

「彼を殺してしまった」トレンスは、ぼそりと言った。「とうてい許されないことです。わたしの職業は命を救うこと。命を奪《うば》うことではない。しかし、ああしなければ、わたしの命が奪われたのです。彼にとって不運なことに、わたしのほうが、人体のどの部分を突《つ》けば相手を倒《たお》せるかということを、よく知っていたのです。ところで、彼は船員ではない。カバルスの送った刺客《しかく》でした。そんなわけで、ケラーさん、わたしもまた死刑《しけい》宣告のもとにあるのです」

「ブラボー！」ケラーはさけんだ。「あなたはまさにヒーローですよ。親切な水ネズミくんたちの目から見ても、わたしの目から見ても」

トレンス博士は、自分を見つけてくれた三人に感謝していた。ほかの者に見つかって、警察にとどけられたり、そうでなくても、ふつうの医者に診《み》せられて、妙《みょう》な薬を飲まされたり傷口にへんな膏薬《こうやく》を貼《は》られたりしたら、たいへんだった。何も知らない三人だからこそ、ただ休ませ、なるべくよい食事をあたえ、傷をきれいにしておくだけだったのだ。おかげで、彼はめきめき回復した。

ケラーは、トレンスの指示にしたがって、リンネルの衣類を引き裂《さ》いて吊《つ》り包帯をつくった。その衣類は、ぼろの堆積《たいせき》の中から見つけたものだった。

「このおんぼろの山、勝手に使っても、あの子たちは反対しないでしょう」吊り包帯の具合を調整しながら、ケラーは言った。「一部分は、間違《まちが》いなく、彼らが来る前からここにあったものです――古い遺産のようにね。よき財産管理人のように、彼らはそれをいっそう増やしたのです」

「というと、ここは、あの子たちの家ではない？」

「いまは彼らの家です。スパロウの話によると、彼らはここが空《あ》いているのを知って、引っ越《こ》してきたのです。彼らには両親がいない――もちろん、動物学的な意味ではいたわけですが。彼らはここにずっといるかもしれないし、ふっと、どこかへ行ってしまうかもしれない。とりあえず、いまはここにいる。それだけが彼らにとって大事なことなんです」

「こんな――どぶ池みたいなところで育っていくなんて、考えるだけでも恐《おそ》ろしいことだ」

「そうとも言えません」ケラーは言った。「彼らは、むしろ運のいい部類なんですよ。マリアンシュタットには、ご存じのとおり、家のない子どもや大人たちが、うようよしています。ときどき、わたしは、この人たち、歩道の裂《さ》け目の中で暮らしているんじゃないかと思うことがあります。町のこういう人から見たら、あなたの言われるどぶ池は、休日を田舎《いなか》で過ごすようなものです。われわれも、そう思って喜ぶべきなんです。ここにとどまらざるを得ない以上は、ね」

「残念ながら、わたしの場合、あまり長くはいられない」トレンスは言った。

彼の回復期間を通して、二人は信頼《しんらい》し合える仲になっていた。「カスパール爺《じい》さん」の創造者としてトレンスが予想していたほどには、ケラーは陽気な性質《たち》ではなかったが、それでも、カバルスについて語るときは、おもしろく、痛烈《つうれつ》なことを言って医師を笑わせた。少女とその弟が毎日の仕事に出かけているとき、トレンスは彼に、宰相《さいしょう》カバルスにたいする反対運動についての相談をするようになっていた。

「カバルスに心から拍手喝采《はくしゅかっさい》を送る者は、ほとんどいません」ケラーは言った。「彼が、人々の心からの拍手喝采を受けるのは、ロープの先にぶらさがったときだけです。反対派はいます。ただし、国じゅうに散らばっています。これが問題なのです。まとまっていないことが――」

「中心になる人たちはいないのかな？　わたしに協力してくれそうな者は……」

「ある友人が、今年の初め、手紙をくれたんです」ケラーは言った。「マリアンシュタットの北方のベルビッツァの町に住んでいるんですが、手紙の中で、ある人物についてのうわさのことを書いていました。かなり信奉者《しんぽうしゃ》を集めているようです」

「わたしが、きみのその友人に連絡《れんらく》をとってもいいかな？」

「わたし自身、彼と連絡《れんらく》をとろうと思っているのですよ。カスパール爺《じい》さんと熊《くま》は、マリアンシュタットからできるだけ離《はな》れたところに身を隠《かく》さなければなりませんからね。フィンガーズは、それなりに楽しく便利な場所ですが、ずっと身をひそめるとなると、いろいろ問題があります」

「道路はもちろん見張られているんだろうね」

「マリアンシュタットの内外の道路は、すべて厳重な監視下《かんしか》にあります。ただひとつ、例外があります。すばらしい通り路が、監視から除外されているのです。そこを利用して、マリアンシュタットの外に出る。そこから先は、われわれの才覚しだいです。いま、『われわれ』と言いましたのは、実はわたし、ごいっしょに出かけようと思っていますので」

「けっこうだとも」トレンスは言った。「しかし、そのすばらしい通り路とは？」

「目の前にあります。ベスペラ川です。歩いて通ることはできないから、舟《ふね》で行くしかない。となると、舟が要《い》ります。舟はどうするか——」

「あの子たちのボートを取るのかね？」トレンスは眉《まゆ》をひそめた。「あれは、彼らの唯一《ゆいいつ》の生活手段だ」

「いくら食いつめたジャーナリストでも」ケラーは言った。「子どもから物を奪《うば》うようなことはしません。あの水ネズミたち、マリアンシュタットを通りぬけて、かなり上流までボートを漕《こ》いでくれるかもしれません。金《かね》を払《はら》えば、やってくれるでしょう」

「それはそうだ」トレンスは言った。「しかし、わたしの財布《さいふ》は、なくなっている」

「スパロウが持っています。彼女が持っているのを、わたしは見ました。あなたに返すよう話してみます。彼女のよりよき本性《ほんせい》に、廉恥心《れんちしん》に訴《うった》えかけてみます。彼女には、まだそれが少しは残っているはずですから」

スパロウとウィーゼルがもどってくると、ケラーは、二人を自分の前にすわらせた。

「ねえ、水ネズミたち。ひとつ質問するよ。きみたちは泥棒《どろぼう》かね？」

「違《ちが》うよ」ウィーゼルが甲高《かんだか》い声で言った。「でも、なりたいよ」

「わたしも泥棒じゃない」スパロウが言った。「運がなくて、なれなかったんだ」

「それなのに、きみは――」ケラーはつづけた。「この先生の財布を持っている。実のところ、きみはそれをこの人から盗《ぬす》んだのだ」

「盗んでない！」スパロウはさけんだ。「〝拾った〟んだ。わたしが見つけたんだ」

「そうだ。きみが見つけたんだ――彼のポケットの中でね」ケラーは言った。「ねえ、わたしの話をよく聞いてくれ。きみがそれを死んだ人から取ったのなら、それなりに理屈《りくつ》は通る。しかし、彼は死んでなかった。生きていたんだ。そうなると話は別だ。財布を取ることは、盗みになるんだよ」

「わたし、返さないよ」

「いいだろう、持っていていい」ケラーはうなずいた。「しかし、条件がある。先生とわたしは緊急《きんきゅう》の用事があって、ベスペラ川の上流まで行かなければならない。われわれをある地点までボートで送ってくれたなら、財布《さいふ》は完全にきみのものだ。われわれを運んでくれたこと、長いこともてなしてくれたことへの感謝の気持ちをこめて、きみに進呈《しんてい》する。わたしの論理の微妙《びみょう》なニュアンスは、わかってもらえないかもしれないが――」

「送ってあげるよ」スパロウが言った。「なぜ、最初からそう言わないんだい？」

「人間、けじめをつけることが大事なんだよ」ケラーは、ほっと吐息《といき》をついた。

15
フェニックスのように

新しい仕事をたのむかもしれないと言ってから数日後の夜、フロリアンはテオを、マーケット広場に近い、あるワイン商人の倉庫に連れていった。商人自身が、かんぬきをはずしてドアを開け、穴蔵に降りる階段を身振《みぶ》りでしめした。ワインの大桶《おおおけ》が並ぶ穴蔵の壁《かべ》をくりぬいて、狭《せま》い入り口があり、そこをくぐると、かなり広い、天井《てんじょう》の低い部屋になっていた。真ん中に大きなテーブルがあり、その上に数本のろうそくがともり、木の箱がいくつか置かれている。

もちろん〝仲間〟たちがいた。ストックが例によって歩きまわっているかたわらで、ザラとジャスティンは、箱の中をさかんに掻《か》きまわしている。リナは、重そうな厚板をどさりと下ろしたところだった。

「仲間たち」フロリアンは呼びかけた。「すばらしい技術者を紹介《しょうかい》しよう」テオに向かってお辞《じ》儀《ぎ》をし、「ねえ、きみ。きみはもう見習い工ではない。一人前の職人だ」

フロリアンが何を言っているのか、テオにはさっぱりわからなかった。見ると、床《ゆか》にも、木材の断片だの鉄製品の一部分だのが、ごたごたと積みあげられている。印刷機の部品だった。何台もの印刷機の残骸《ざんがい》から集めてきたらしい。

「カバルスは、印刷所をどんどん閉鎖《へいさ》している」フロリアンは言った。「われわれは逆に、印刷所をどんどん開いて宣伝活動を強めなくてはならない。さしあたり、少なくともひとつは開けそうだ。警察が印刷機を一台、打ち壊《こわ》せば、われわれはその残骸からいくつかの部品を拾い出す。ちょうど小鳥たちがパンくずをついばむように、ね」

「しかし——どうやって？　どうやって、これだけのものを運びこんだんだい？」

「それはどうでもいいことだ」フロリアンは言った。「問題は、きみにこれが組み立てられるかどうかだ」

「うーん」テオはうなった。たいへんな仕事になりそうだった。「印刷機はそれぞれ、少しずつ違《ちが》う。だから、部品を集めてただくっつければ出来上がるというわけにはいかない。うまくいくかどうかはわからないが、ともかく、やってみよう」

「たのむよ」フロリアンは言った。「何か必要なものがあったら、何とかするから言ってくれ」

「フェニックスのように！」ストックがさけんだ。「自分自身の灰の中からよみがえって飛び立つという伝説の鳥のように、この印刷機は自分自身のがらくたの中からよみがえるのだ」

「やめてちょうだい」ザラは言った。「働く気がないのなら、イェリネックの店に行きなさい」

太った詩人は、テーブルの上の一枚の紙を手にとった。「ちょっと待ってくれ。詩の文句が浮《う》かんできたところなんだ。これは、この機械——フェニックス印刷機と呼ぼう——が生み出す最初の製品になるだろう。手書きの原稿《げんこう》はただ一個の卵でしかないが、この機械によって数千の卵が生み出されて、孵化《ふか》し、飛び立っていくのだ」

「きみの詩は、そう急がなくていい」フロリアンはそう言って、テオにちらりと視線を投げ、「この若い友人が、ここに来て間もなくのとき、ひそかに話してくれたことがある。彼《かれ》の同意があれば、わたしはいま、それはおおやけにすべきだと思う。警官たちが、無実の人を一人、殺害したのだ。こんなことは秘密にしておかれるべきではない」

フロリアンが何を言おうとしているのかよくわからないまま、テオはうなずいた。

フロリアンはつづけた。「きみの親方のことを書いてほしいんだよ。警察がとつぜんやってきて、彼の印刷機を打ち壊し、しかも彼の命まで奪《うば》った。その出来事のすべてを、細大《さいだい》もらさず、書いてもらいたい。そしてそれをパンフレットとして印刷する。われわれはそれを、できるだけ大勢の人々の手にわたす。ウェストマークの国民に、カバルスのやっている悪事の、さらなる実例として知らせるのだ」

よしわかった、とテオは引き受けた。

以来、彼は三つの仕事に取り組んだ。昼間は、居酒屋のすみにすわって依頼人《いらいにん》の話を聞きながら手紙の代筆。夜になると、倉庫の地下室にもぐって印刷機の組み立て。そのあとは夜遅《おそ》くまで、下宿屋の屋根裏でアントン親方の事件を書くことに専念した。

しかし、思っていたほど容易な仕事ではなかった。アントンはテオにとって、親方であると同時に父親であった。だから、あの夜ドルニングで起きたことを考えるよりも、ついつい自分がどのようにしつけられたかを考えてしまうのだった。

テオは、アントンを他人の目で見ようと努力した。彼は田舎《いなか》の職人だ。世間知らずだ。自分の店の外のことは何も知らない。自分の印刷した書物——それが彼の全生涯《ぜんしょうがい》だった。カバルスの喉《のど》くびを締《し》めてやりたいとテオが口走ったとき、アントンは、そんなことを言うものではない、とたしなめた。しかしそのアントンが、自分の印刷機を守るために猛然《もうぜん》と戦ったのだった。アントンを定義しようとして、テオは自分を定義しようとしているのだった。しかし、そんなことは、パンフレットを書く上で何の役にも立たない。テオは頭を振《ふ》って、また最初からやりはじめるしかなかった。

そのあいだ、印刷機はしだいに出来上がってきた。テオは助手にザラを選んでいた。彼女は、口は悪かったが頭の回転が速く、職業が婦人服の仕立屋なので手先が器用だった。リナとジャスティンは、ごちゃごちゃになった活字を拾い出し、順番に並べる役だった。退屈《たいくつ》な仕事だが、フロリアンのためだったから、二人とも文句は言わなかった。ストックは、おれは詩人だ、荷運びのラバじゃないと文句を言いながら、けっこう力仕事をこなしていた。

印刷機が出来上がると、ストックは、「ウェストマーク・フェニックス」という名前にしようと提案した。フロリアンは、全員をイェリネックの店での夕食に誘《さそ》った。二重のお祝いだった。テオは原稿《げんこう》を仕上げ、フロリアンがそれを褒《ほ》めていたのだ。

ストックが詩を朗誦《ろうしょう》し、ジャスティンがご馳走《ちそう》の残り物をつついているとき、フロリアンはイェリネックからの合図でテーブルを離《はな》れた。すぐもどってくると、今度はテオを引っぱって、台所のとなりの小部屋に連れていった。

ルーサーが待っていた。フロリアンの友人たちの中で、テオにとって、いちばん見かけることが少なく、いちばんなじみの薄《うす》い男だった。ほかの者たちよりずっと年配で、髪《かみ》は白くなりかけているが、体はたくましい。職業は、車大工《だいく》か石工《いしく》、あるいは何かの職人だろうか。旅をしてきたらしく、服は湿《しめ》って、土ぼこりにまみれていた。

「ルーサーは南部から帰ってきたんだ」フロリアンは言った。「とちゅうニールキーピングを通って、きみの友人たちのことを聞きこんできたそうだ」

「ニールキーピングなんて一度も行ったことがない」テオは言った。「ぼくの友人などいないと思うけど」

「いや、いるんだ」フロリアンは言った。「以前の仲間がいるんだよ。いまどういう名前を名乗っているかはともかく、ルーサーの聞いてきた人相風体《にんそうふうてい》は、きみがわたしにしてくれた話とぴったり合うんだよ」

「女の子もいたかい？」テオは胸をはずませてさけんだ。「ミックルという名なんだけど——」

「いたよ」ルーサーが言った。「ひどく小柄《こがら》な男もだ。この二人は、町の留置場に入れられている」

「なぜ？」胸が今度はキュンとなってしまった。「何をしたんだ？」

「知らない」ルーサーは言った。「しかしこの二人は、まだ、ましなんだ。もう一人は、町の広場の真ん中で、檻《おり》に入れられてさらし者にされている」

「なぜ？」テオはルーサーの腕《うで》をつかんだ。「彼をどうしようとしているんだ？」

「どうやら彼は、何かいたずらをしたかどで、罰《ばつ》を受けているらしい。ここ数日、檻に入れられたままで、食事もあたえられていない」

「ぼく、そこへ行かなくちゃならない。印刷機はザラがいればだいじょうぶ」

フロリアンが言った。「最初のころ、きみは、あの男と縁《えん》が切れて喜んでいたんじゃなかったかな」

「あのときはあのときだ。いま、彼はひどい目にあっている。ミックルやマスケットも捕《つか》まっている。彼らを助け出さなくては」

「そいつは無理だね」ルーサーが言った。「ニールキーピングには兵隊がうじゃうじゃいる。それに、町全体が剣呑《けんのん》な空気なんだ。きみが行っても、手も足も出せないよ」

「だからといって、ここでじっとしているわけには……。何かの方法があるはずだ。ぼくは行く。

当たってくだけろ、だ」

「きみを行かせたくないな」フロリアンは言った。

「行かせたくない？」テオはさけんだ。「だれも、ぼくを行かせないわけにはいかないよ。たとえ、きみでも」

テオは自分の言葉におどろいていた。だれも、フロリアンに向かってそんな口の利《き》き方をする者はいない。それなのに、いま、テオは、面と向かってフロリアンに反論している。

フロリアンは半ばほほえんだ。「どうもきみは、思っていた以上に短気だな。そう、わたしはきみを行かせたくない。つまり、きみを一人では行かせたくない」

「じゃ、いっしょに行ってくれるわけ？」

フロリアンの灰色の目が、きらりと光った。「考えようによっては、ニールキーピングに出かけるのも、われわれ全員にとってひどく好都合なことかもしれない。田園の空気にふれるのもいいことだし」

彼はルーサーに視線を投げた。

「そう、いつも話していたとおり、いいことなんだよ」ルーサーは答えた。「危険が大きいほど、得るものも大きいんだ」

「じゃあ、そうしよう」フロリアンはそう言うと、テオに向き直り、「しかし、いますぐ出発、というわけにはいかないよ」

「いつ？　何日後？」

フロリアンはにやりと笑った。「一時間後。そんなに先だと、辛抱《しんぼう》しきれないかい？」

「ぼくはあなたに借りがある」テオは言った。「だから贅沢《ぜいたく》は言わない。がんばって、いくぶんなりともお返しするだけさ」

「よし、わかった」フロリアンは言った。「行って、ほかの人たちに話してくれ」

16 農場での出会い

テオは、荷馬車の後部の藁《わら》の中にもぐりこんでいた。月はしずみ、空が白みはじめていた。

ジャスティンはテオのとなりで体を丸めて、ぐっすり寝入《ねい》っていた。前で、フロリアンは手綱《たづな》を軽く持ち、馬に、思いのままの足取りで歩かせていた。ザラは農婦の服装をして、頭をフロリアンの肩《かた》にあずけてまどろんでいた。彼女は、ぜったいみんなといっしょに行くと言って聞かず、それでリナが、さんざん文句を言いながら、フライボルグに残ることになった。印刷機の番をすることと、フロリアンからの緊急《きんきゅう》の連絡《れんらく》を待つこととが、彼女の任務だった。ストックとルーサーは、元気のよい馬に乗って先を行っていた。

テオは、フロリアンがすべてをこんなにも早く準備したその手際《てぎわ》のよさに、舌を巻いていた。フロリアンは、フロリアンであることが仕事なのだ、と以前に聞かされたが、これがその仕事の一部なのだろうか。テオはつくづく、ありがたいと思った。

彼は一度、フロリアンに礼を言いかけたのだが、フロリアンは肩《かた》をすくめて、横を向いてしまった。感謝してもらうようなことではない、これはほんとうにピクニックなのだ、と言わんばかりだった。

しばらくのあいだは、たしかにそんな感じだった。荷馬車は、両側に平坦《へいたん》な刈《か》り株《かぶ》畑の広がる田舎道《いなかみち》をガタゴトと進んだ。明るくさわやかな朝になり、フロリアンも上機嫌《じょうきげん》で、だれもがのんびりした気分にひたっていた。

やがて街道に出た。それから少し進んだところで、ニールキーピング方面をしめす道標にぶつかった。フロリアンは、その方向に行こうとはせず、街道を離《はな》れ、ゆるやかに起伏《きふく》する丘陵《きゅうりょう》地帯の森の中に入りこんでいく。

テオが、なぜと聞くと、フロリアンはただ、こう答えた。「まあ、いいじゃないか。しばらくは、とっくり、この景色を楽しみたまえ。ここは、この国でも指折りの美しい土地だ。貴族の連中は夏の住まいと狩猟《しゅりょう》小屋をこのあたりに持っている。農家風のコテージも少しある。農家風だが、内部には、農民には一生縁《えん》のないすてきな設備がととのっている。形だけ農民の真似をして遊ぶのが貴族たちの楽しみなんだ。しかし、もし農民たちが貴族の真似をしようなんて気を起こしたら、貴族たちはどんな反応をするか……。少なくとも、にこにこ笑って見ていることはないだろうね」

まもなく、フロリアンは荷馬車を停めた。農場の中庭だった。森林にかこまれて、いくつかの建物がかたまっている。母屋《おもや》は木造で、屋根がひどく急勾配《きゅうこうばい》だった。何頭かの馬が厩舎《きゅうしゃ》にいて、もう二頭が石囲いのある井戸《いど》の近くにつながれている。

母屋のドアのわきの樽《たる》に腰掛《こしか》けていたストックが、飛び降りて荷馬車に駆《か》け寄った。ジャスティンとザラは、荷馬車を降りると、まっすぐ中に入った。この場所にはもう何度も来たことがあるようだった。

「あんたに会いたいという人たちが来ているよ」ストックはフロリアンに言った。

二人のあとにつづいて、テオは長い部屋に入った。白い漆喰《しっくい》の壁《かべ》で、大きな暖炉《だんろ》が切られている。ルーサーがそこにいた。ほかに、テオがこれまで見たことのない五、六人の男たち。何人かは、獲物袋《えものぶくろ》を肩にかけて猟師《りょうし》の身なり、ほかの者は農場労働者の粗《あら》い上着を着ていた。部屋の片すみに、鳥撃《う》ち銃《じゅう》だのマスケット銃だのが叉銃《さじゅう》（三挺《ちょう》ずつ組み合わせて立てること）されている。

二人の男が厚板テーブルに向かっていた。食事をし終えたところらしい。年下のほうは無精《ぶしょう》ひげを生やし、重苦しい表情。もう一人は白髪《はくはつ》で、片腕《うで》を吊《つ》り包帯で吊っている。二人とも長い旅をしてきたらしく、鉤裂《かぎざ》きだらけ、ほこりだらけのしおたれた身なりだった。

部屋の男たちは、フロリアンにあたたかい歓迎《かんげい》の言葉をかけはじめたが、フロリアンは手を振《ふ》ってそれをさえぎり、視線をテーブルの男たちに向けた。

年下の男が立ちあがった。

「ケラーといいます。あなたとわたしには何人か共通の知人がいまして、彼らのおかげで、ここに来ることができました。しかし、まあ、正直いいまして、あなたを見つけるのはたいへんな難《なん》儀《ぎ》でしたよ」

「あなたには難儀だったでしょうが、わたし自身のためにはうれしいことです。そうかんたんに見つかってはこまりますのでね」フロリアンは言った。「ともあれ、『カスパール爺《じい》さん』とは、もっと楽しい環境《かんきょう》のもとでお会いしたかったですね」

「わたしをご存じなのですか、マリアンシュタットからこんなに離《はな》れているのに？」ケラーの重苦しい表情は、あっという間に満面の笑《え》みに変わった。「お褒《ほ》めの言葉としてうけたまわっておきます。わたしの旅の仲間は」と、ケラーはつづけた。「まるで病人のように見えます。どうしてそうなったかは彼自身が話すでしょう。トレンス博士です。以前は王室医務官で、現在は——いや、生きながらえているかぎり将来にわたって——逃亡者《とうぼうしゃ》です。なぜ、新聞記者と医師という妙《みょう》な組み合わせができたかについて、お知りになりたいかも——」

「わたしが知りたいのは、むしろ、宮廷《きゅうてい》で働いていた人が、いったいなぜ、ここにいるのか、です」

「きわめて簡潔に答えることができます」トレンス博士は言った。「あなたは、宰相《さいしょう》カバルスを、わたしがそうするのと同じくらいに嫌悪《けんお》しておられる。まったく当然のことだとわたしは思う。ご存じのとおり、アウグスティン王はいまやほとんど統治能力がなく、今後もそれを回復する望みはない。そして、宮廷の内部の動きにくわしくないあなたはご存じないかもしれないが、実はカバルスは、自分がアウグスティン王の養子となり、王位を継《つ》ぐことをたくらんでいるのです。この六年間、カバルスは思いのままに権力を振《ふ》るい、事実上の国王でした。ただし、国王の称《しょう》号《ごう》だけはなかった。いまや彼は、権力だけでなく称号をも求めているのです」

フロリアンは医師の憤《ふん》激《げき》に同調しようとはしなかった。ただ小さく肩《かた》をすくめて言った。「アウグスティン王かカバルス王か、ですか？　博士、わたしにとっては、国王なんて、だれがなろうが同じようなものです」

「本気でそんなことを言っているわけではあるまい！」トレンスはさけんだ。「あなたには、君主と暴君の違《ちが》いが見えないのか？　あの宰相はずっとこの国にとっての災厄《さいやく》だったが、国王になったら、もっと悪くなる。宮廷で彼に反対する勇気があるのは、ただ一人、カロリーヌ王妃《おうひ》だけだ。結果として、彼女の命が危険にさらされるかもしれない。カバルスは、自分の野望の邪魔《じゃま》をする者を許さないからね。彼は、わたしを国外追放処分にした。わたしを殺させようとした。しかしわたしは、この国を離れない。わたしは、わたしと同じ志を持ち、王妃の大義を支持して立ちあがる誠実な人たちを――」

「おたがいを理解しようじゃないですか」フロリアンはさえぎって、「あなたのおっしゃることは二つの点で正しい。ここにいるわれわれは誠実な人間です。カバルスについてのわれわれの意見は、あなたの意見と同じです。しかし、あなた方の大義を支持して戦うことについては、わたしには理由が見いだせない。われわれは、博士、われわれ自身の大義を支持して戦うつもりです」

「あなた方の大義が何であれ」トレンスは言った。「カバルスの政治を終わらせることにくらべれば、あまり切迫《せっぱく》した問題ではない。あの悪党は、一刻も早く、いかなる犠牲《ぎせい》を払《はら》おうと、打倒《だとう》されねばならない。正統性ある君主制を維持《いじ》するには、ほかに方法はないのです」

「君主制を維持するですって？」フロリアンは言い返した。「ひとつの家系に生まれたという理由だけで権力をあたえられる——そんな偶然《ぐうぜん》にもとづく権力装置を、維持するのですか？　努力して獲得《かくとく》したものでも、功績によってあたえられたものでもなく、ただ悪用されるだけの制度を？　もし、そのためにわたしのところにいらしたのなら、博士、残念ながらお門違《かどちが》いです。正統性ある君主制ですって？　唯一《ゆいいつ》の正統的な支配者はウェストマークの民衆です」

「それは夢だよ。わたしは夢を追ったりはしない。たしかに悪用されることはある。それは否定しない。そうした欠点は正さなければならない。しかし、破壊《はかい》を通してではない。もし足の折れた患者《かんじゃ》がいたならば、わたしはその足を治す。血を流させて死にいたらしめたりはしない。わたしは実現可能なことを追求するのだ」

「わたしもそうですよ」フロリアンは言った。「あなたはわたしに、あなたとともに戦えとおっしゃる。おたずねしますが、いまあなたの指揮下にはどれだけの兵士がいるのです？　どれだけの武器があるのです？」

「ゼロだよ」トレンスは言った。「そして、あなたのほうは？」彼は、並べられた小銃《しょうじゅう》に向かって顎《あご》をしゃくり、「もしあれがあなた方の武器庫なら、あまり、たいしたものとは言えないね」

「われわれは、それを二十四時間以内に改善するつもりです。もちろん、人員も資材もじゅうぶんではない。しかし、まだ始まったばかりなんです。では、博士、これから計画を練らなければなりませんので、失礼させていただきます」

テオは、フロリアンがカバルスのことをはげしく非難するのは何度も聞いていたが、彼が君主制そのものを批判するのは、いままで聞いたことがなかった。おどろきと興奮が、テオを揺《ゆ》すぶった。何という大胆《だいたん》な考え方だろう、フロリアンならではの発想だ。

とつぜん、頭にひらめいたものがある。なぜ、フロリアンはニールキーピングへの旅に乗り気になったのか、それがわかった。フロリアンの豪胆《ごうたん》さに、テオは圧倒《あっとう》された。同時に恐怖《きょうふ》も感じた。

「きみ、町を攻撃《こうげき》しようとしてるんだね！」テオはさけんだ。「ぼくの友人たちを助けるのだと言っていたのに」

「そう、攻撃するのさ」フロリアンは言った。「きみは、われわれが神妙《しんみょう》な顔でニールキーピングの町をおとずれて、どうか彼らを釈放してくださいとお願いするとでも思っていたのかい？」

「そうは思っていない。でも、こういうやり方だとは。これでは流血騒《さわ》ぎになる」

「そのとおりだ。われわれの側にも、相手側にも、傷つき倒《たお》れる者が出るだろう。犠牲者《ぎせいしゃ》はなるべく少なくしたい。しかし、避《さ》けるわけにはいかない。そうなんだよ、きみ。最後は殺し合いになるかもしれない。しかし、それを考えに入れておかなかったら、われわれは無邪気《むじゃき》なバカ者の集まりということになる。きみは友人たちの解放を求めているし、わたしの部下たちは銃《じゅう》を求めている。われわれは、やらねばならぬことは何でもやる。きみだってそうだろう？」

テオは答えなかった。フロリアンは彼を見つめ、静かに言った。「非常に単純なことさ。きみは、われわれといっしょに行くのか、それとも行かないのか？　きみにはわれわれの援助《えんじょ》が必要だ。われわれもきみの助けが必要なんだ、もしぼくの計画が実行に移された場合には、ね」

テオは顔をそむけた。かつて、彼は憤激《ふんげき》のあまり、われを忘れて警察軍のお偉方《えらがた》を殺そうとしたことがある。しかし、フロリアンがいまたのんでいることは、計画的な、事前に準備された武力行動だ。ぜんぜん次元が違《ちが》う。

しかし、彼には、ミックルを見捨てることなどとうていできなかった。ラス・ボンバスとマスケットだって見捨てられなかった。アントン親方ならこんなとき、どうしただろうか、と思いをめぐらせた。わからない。答えは出てこなかった。また、どんな答えが出てきても、満足することなどできなかっただろう。そのことが、何にもまして苦しかった。もうしかたない。テオは口を閉ざしたまま、首を縦に振《ふ》った。

「すぐ慣れるよ」フロリアンが言った。「最初のときが最悪なんだ」

そのあいだに、ストックが木箱を一個運んできて、中からピストルをとりだし、テーブルに並べはじめた。フロリアンはその一挺《ちょう》をつかんでテオにわたした。テオは、ぎくりとして後ずさりした。

「噛《か》みつきはしないよ」フロリアンは言った。

「ほしくないよ、そんなもの」

「いいから、持ちたまえ。ほしくないかもしれないが、これを必要とするときが来るかもしれない。使い方は知っているかい？」

テオは首を振った。

「じゃ、ジャスティンと行動をともにしたまえ。彼が教えてくれるよ」

17 武器庫襲撃《しゅうげき》

まだ暗いうちに、農場を離《はな》れた。テオとジャスティン、ストックとザラは荷馬車に、フロリアンとほかの仲間たちは馬に乗っていた。ニールキーピングにほど近い、とある土手の影《かげ》の中で、ザラは荷馬車を停めた。フロリアンが同志の一人一人を抱擁《ほうよう》し、部隊は二手《ふたて》に分かれた。フロリアンの隊は別方向から町に向かう。ジャスティンの隊はここから徒歩で行く。

ジャスティンは、先頭に立ってせかせかと歩いた。もっと急げ、もっと急げと、さかんに声をかけ、ザラに静かにしてよと言われる始末だった。ストックは、あくびしては、何だってこんな時間にこんなところをうろついていなけりゃならないんだ、と文句を言っていた。

市街地に近づくと、だれもしゃべらなかった。テオは、歯がガチガチいわないよう顎《あご》を引きしめた。日の出直前の冷気が骨にしみこんでいた。足を動かすたびに、ピストルの台尻《だいじり》が腹にぶつかった。町に着くと、ルーサーの教えてくれた路地に入った。曲がりくねったその路地を通りぬけると、広場だった。広場の中心に、狭《せま》い檻《おり》が置かれていた。檻からはみだしそうになって、大きな図体のものが収まっていた。

テオは駆《か》け寄った。檻は、家畜《かちく》小屋のようなにおいがした。中の男がうめき声をあげた。変わり果てたラス・ボンバスだった。くちびるは裂《さ》けて腫《は》れあがり、無精《ぶしょう》ひげが頬《ほお》をおおっている。テオは檻の鉄格子をつかんだ。伯爵《はくしゃく》は肩《かた》を丸めて顔をそむけた。

「ほっといてくれ」

「だいじょうぶだ」テオはささやいた。「出してあげるよ」

伯爵は体をずらして頭を上げた。しゃがれ声で言った。「だれなんだ？　若者くん、あんたなのか？」両手を鉄格子のあいだから突《つ》き出してテオの顔をまさぐり、「ああ、ありがたい。やはりそうだ！」

ストックとジャスティンがテオの背後に来ていた。つづいてザラもやってきた。しゃがんで檻をのぞきこみ、顔をしかめた。

「なんだ、こういうのを救い出しに来たわけ？」

「そんな言い方はないよ、ザラ」テオは、きつい声で言った。「きみもフロリアンの計画を知ってるだろうが。彼は陽動作戦を求めている。この救出行動もそのひとつだ。しかし、いずれにしても、この人はぼくの友だちだ。彼を傷つける言い方はやめてほしいね」

伯爵は水を求めていた。テオは、ベルトから水筒《すいとう》を引きぬいて、鉄格子のあいだから入れてやった。ラス・ボンバスは、ひったくるようにして手にとると、ひと息で飲み干した。

「ありがとうよ、若者くん。まさに命の恩人だ。あんたが行ってしまってからというもの、万事うまくいかなくなってね。しかし、帰ってきてくれた以上――」

「帰ってきたわけじゃないんです。ぼくはいま、フライボルグで働いています。あなたがひどい目にあっていると聞いたので――」

「また、行ってしまったりしないでくれよ。われわれは、あんたがいなくちゃだめなんだ。ミックルはすっかり意気消沈《しょうちん》して、〈口寄せ姫《ひめ》〉だってやろうとしない。何もかもワヤなんだ。この〈籠脱《かごぬ》けの術〉さえも、だ。こんな単純きわまる曲芸すら、失敗した。檻《おり》の上に布をかぶせれば、次の瞬間《しゅんかん》、我輩《わがはい》は檻の外。錠《じょう》はかかったままだし、鍵《かぎ》も見当たらない。みんな、やんやの喝采《かっさい》だ。すばらしい見世物になったはずなのに、あるバカ者が我輩の口をこじ開けて、口にふくんでいたピックロック（錠前《じょうまえ》をこじ開ける道具）を見つけおった。

ろくでなしの田舎者《いなかもの》どもめ！　我輩がやつらをだました、などとぬかしおった。檻を脱《ぬ》け出すと我輩が約束したんだから、ほんとに脱け出すまで、ここに入れておく――これが、やつらの言い分だ。ミックルが錠を開けようとしてくれたんだが、それをやっている最中に捕《つか》まってしまった。ついでみたいにしてマスケットまでも、引っぱっていかれた」

「ぼくら、ミックルたちを見てきます。そのあと、ここにもどってきます」テオは言った。「フリスカと幌《ほろ》馬車はどうなっているんです？」

「鍛冶屋《かじや》の厩舎《きゅうしゃ》に入れてある。兵舎の近くだ」

テオは、ストックに視線を投げた。ストックは、わかったというようにうなずき、足早に広場を横切り、街角に消えた。

ザラが立ちあがった。「あんたたち二人、もう、いいのね？」

テオはジャスティンのあとにつづき、ザラがテオのすぐ後ろだった。牢屋《ろうや》は、ルーサーが話したとおり市庁舎の裏にあって、すぐ見つかった。警備室のドアの手前でテオは足を止め、ジャスティンの襟首《えりくび》をつかんだ。

「まだ騒《さわ》ぐんじゃないよ」テオはささやいた。「中に入って、相手が何人いるか、よく見るんだ。それからワーワー言いはじめろ」

ザラは後ろにさがった。テオは、さらに強くジャスティンの襟首をつかむと、ジャスティンの体をドアの向こうへ押《お》しこくった。中では、警官が一人、テーブルに突《つ》っ伏《ぷ》して居眠《いねむ》りをしていた。テオが目くばせすると、ジャスティンは体をよじりながら、違《ちが》う、おれじゃない、などと、大声でわめきはじめた。警官はおったまげて目を覚まし、あわててピストルをつかんだ。

「泥棒《どろぼう》！」テオは、暴れるジャスティンにしがみつき、こちらも大声をあげた。「こいつ、おれの財布《さいふ》を盗《ぬす》もうとした。それで捕まえたんだ」

「いったいあんたはだれなんだ？」警官はけげんそうな顔でテオを見て、ピストルを揺《ゆ》らした。

「このへんじゃ見かけない顔だな」ジャスティンにも目をやり、「こっちの男もそうだが――」

「おれはこれから宿をとるつもりだ」テオは急いで言った。「フライボルグから来たばかりなんだ。町に足を踏《ふ》み入れるか入れないうちに、この男がぶつかってきて、財布《さいふ》をふんだくろうとした。牢屋《ろうや》にぶちこんでもらいたい。よろしくたのむぜ、お巡《まわ》りさんよ。被害届《ひがいとどけ》は出すからよ」

「おれには関係ないね。こいつ、この町の泥棒《どろぼう》じゃあないもの」警官は顔をしかめた。「ところで、あんたの旅行許可証を見せてもらおうか」

このとき、ザラが警備室に飛びこんできた。泣きながら両手をしぼるようににぎりあわせて、

「その人、わたしの兄なんです。悪いことなんかできる人じゃありません。お願いですから、牢屋に入れたりしないでください」

警官はためらった。どいつをまず相手にしたらいいんだ？　取り乱した娘《むすめ》か、泥棒か、それとも泥棒を捕《つか》まえた男か……。さらにこまったことに、ジャスティンがテオの腕《うで》をふりほどいてますます暴れ出し、テオはそのジャスティンをまた捕まえようとして、大立ち回りとなった。警官は、二人のあとを追って両手を突《つ》き出し、ただうろうろするばかり。

いまだ。ザラは、すばやくテーブルの後ろに回り、椅子《いす》を高く持ちあげると警官の頭の上に振《ふ》り下ろした。警官はがくりと両膝《ひざ》をつき、ぶっ倒《たお》れた。テオは警官にとびつき、両手で警官の喉《のど》を締《し》めあげ、「鍵《かぎ》は！　どこだ？」

警官は頭を何度か動かして、壁《かべ》の方向をしめした。壁の、マスケット銃《じゅう》を並べた銃架《じゅうか》のわきに、鍵束《かぎたば》がかかっている。ジャスティンは警官のシャツを引き裂《さ》きはじめていた。

「ほかにだれがいるか？」テオが聞いた。

「おれだけだ」警官はあえぎながら言った。「夜の当番だからな。ほかにはだれもいない」

テオは、警官のストックタイを破ってそれを警官の口に詰《つ》めこみ、ザラに目くばせして、ジャスティンが引き裂いたシャツでもって警官を縛《しば》りあげてくれるよう、たのんだ。それから、鍵束をひっつかんで短い階段を駆《か》け下りた。鉄鋲《てつびょう》を打たれたドアが廊下《ろうか》の両側に並んでいる。マスケットが鍵束をジャラジャラとまさぐって、ひとつを選び、いちばん手前の独房《どくぼう》の錠《じょう》を開けた。中にいた。

「広場に行け！」テオがさけんだ。「伯爵《はくしゃく》といっしょにいろ」

小男は、よけいな質問などしなかった。ぴょんと立ちあがり、タタタッと階段を駆けあがった。テオは次の独房の錠を開けた。ミックルがいた。目を見開いて彼を見つめた。顔はよごれ、やつれていた。独房の床《ゆか》の藁《わら》が髪《かみ》にくっついていた。

テオは両手をさしだした。しかし、ミックルは彼に冷たい視線を投げつけて、後ずさりした。

「出てくるんだ！　急いで！」テオはさけんだ。「どうしたんだい？」

「わたしにさわらないで！」ミックルもさけんだ。「あんたは、何も言わずに出ていった！　わたしにひと言も言わずに！　あんたなんて、悪魔《あくま》に食べられちゃえばいい」

テオは、両肩《かた》をつかんで少女を独房から引き出し、後ろから押《お》しながら階段をのぼらせた。外に出ると、腕をつかみ、半ば引きずるようにして広場に連れていった。ミックルは、冷たく押し黙《だま》ったままだった。

パーンと一発、兵営の方角から銃声《じゅうせい》が聞こえた。広場の檻《おり》のかたわらに、ジャスティンとザラのすがたが見えた。マスケットもいた。つづいてさらに銃声がして、静かな空気を掻《か》き乱した。そして、けたたましい馬蹄《ばてい》のひびき。振《ふ》り返ると、フリスカが広場に走りこんできた。例の幌《ほろ》馬車を引っぱっている。御者台《ぎょしゃ》にはストックが突《つ》っ立って、声のかぎりに、それ行け、やれ行けとわめいている。この大騒《おおさわ》ぎに、もう、ニールキーピングの守備隊は全員目を覚まして、兵営を飛び出しているに違《ちが》いない。

これは、フロリアンと彼の部隊が、武器庫に侵入《しんにゅう》するために待ちかまえていた瞬間《しゅんかん》だった。武器庫には、守備隊の武器がわんさと保管されている。この大事な獲物《えもの》をいただくために、フロリアンはテオに、陽動作戦を、つまり敵の注意をそらすため騒ぎを起こすことを、たのんだのだ。テオはその任務を果たした。今度は、ラス・ボンバスを檻から出すことに専念できる。ほかの人たちの助けを当てにすることもできる。ほかにどんなことが起ころうとも、テオの部隊は、ラス・ボンバスの救出が終わりしだい、町を撤退《てったい》し、農場で待機する。これがフロリアンの命令だった。

ミックルは身をひねってテオから離《はな》れ、檻に駆《か》け寄った。畜生《ちくしょう》とか、クソとか、口ぎたない言葉を吐《は》きながら、錠前《じょうまえ》と取り組んだ。そのあいだに、ストックはフリスカを停止させ、鞍《くら》から降りてザラに近づいた。ザラは、ジャスティンと同様、マスケット銃《じゅう》を二挺《ちょう》、持っていた。警備室の銃架《じゅうか》から分捕《ぶんど》ってきたのだ。彼女は一挺をストックに投げてやった。

「幌馬車に乗れ！」ストックがさけんだ。「もし錠《じょう》が開かなかったら、檻ごと彼を引っぱっていこう」

ミックルの顔は、ほこりと汗《あせ》にまみれていた。「わたし、道具がないとできないんだ。ハンノは素手《すで》でもできたんだけど。わたしはだめ。ああ、彼、何で首吊《くびつ》りになんかなっちまったんだ！」

ストックは、あちこちのポケットを探ってペンナイフ（折りたたみ式小型ナイフ）をとりだし、少女に投げてやった。ミックルはそれをつかんで、ふたたび仕事に取りかかったが、すぐに刃《は》が折れてしまった。彼女はペッと唾《つば》を吐いて、ナイフをほうり出した。

守備隊の兵士たちが広場に進入しはじめていた。ミックルはさっと立ちあがってザラに走り寄り、彼女のショールをつかんだ。

「これがよさそう」ミックルはザラのブローチをはずし、ピンの先端《せんたん》を錠の中にさしこんだ。右に左に二、三回、まわした。カチッと音を立てて錠は開いた。ミックルは鼻をうごめかし、喜びの声をあげた。

狭《せま》い牢獄《ろうごく》から這《は》い出す力もなくよたよたしているラス・ボンバスを、テオとマスケットが引っぱり出した。伯爵《はくしゃく》はミックルに両手を投げかけ、「ありがとう。あんた、錠前破りにかけても凄《すご》腕《うで》なんだね！」

「みんなは先に行ってくれ」テオはザラに言った。「早く引き揚《あ》げてくれ。ぼくらはすぐ追いつくから」

ラス・ボンバスは足をすべらせてしりもちをついていた。テオは、ミックルとマスケットの助けを借りて、やっとのことで伯爵《はくしゃく》を立ちあがらせ、幌《ほろ》馬車の中に押《お》しこんだ。

ストックとザラはすでに出発していた。ジャスティンもそのあとにつづいたが、数歩あるいたところで不意に足を止め、振《ふ》り向いた。

マスケット銃《じゅう》のうちの一挺《ちょう》を肩《かた》から下ろしていた。目が、暗い喜びをたたえて光っていた。テオが止める前に、ジャスティンは広場の敷石《しきいし》にがばと体を伏せ、守備隊の兵士たちに向かって発《はっ》砲《ぽう》しはじめた。

「バカ者！」テオはさけんだ。「幌馬車に入るんだ！」

そのとき、ひづめの音とともに多くの馬があらわれ、すさまじい勢いで兵士の隊列に乱入した。テオは最初、騎兵《きへい》隊が到着《とうちゃく》したのかと思った。しかし、どの馬にも騎手《きしゅ》がいないし鞍《くら》もない。そうか、とテオは合点《がてん》した。フロリアンの部隊は武器庫を襲《おそ》っただけではなかったのだ。厩舎《きゅうしゃ》にも侵入《しんにゅう》し、馬たちを追い出し追い立てて、兵士の隊列を襲わせたのだ。

ひづめに踏《ふ》みつけられてはたいへんだと、兵士たちは逃《に》げまどった。その混乱のさなか、一人の士官が、前進、前進、と号令し、あわてふためく部下をサーベルのひらでたたいて叱咤《しった》し、何とか、一部の兵士を馬の暴走の外に連れ出した。

その士官が幌馬車に駆《か》け寄ってきた。ジャスティンは彼をめがけて発砲したが、弾《たま》はそれ、次の瞬間《しゅんかん》、士官はジャスティンにとびかかっていた。ジャスティンが彼を押しのけて立ちあがる。士官がサーベルを振り下ろす。ジャスティンがマスケット銃を両手で持ち、銃身《じゅうしん》でサーベルを受ける。ガツンとぶつかった勢いでマスケット銃はジャスティンの手を離《はな》れ、地面に落ちる。

ジャスティンが危ない。テオが駆けつけたとき、士官はふたたびサーベルを振りかぶっていた。テオがぐいと横に引っぱってやったために、ジャスティンは額《ひたい》と頬《ほお》を切り裂《さ》かれただけですんだ。さもなければ、喉《のど》を断ち切られていたことだろう。士官は、さらに襲いかかろうと身構えていた。

「やつを殺せ！」ジャスティンは、血だらけの顔をテオに向けた。すみれ色の目を、ぎらぎらさせている。「やつを殺せ！」

テオは、腕を持ちあげてピストルを構えた。が、一瞬《いっしゅん》ためらった。ジャスティンは金切り声で、撃《う》て撃てと、わめいていた。テオも何事かを絶叫《ぜっきょう》したが、その瞬間、発射音が頭の中にこだました。士官の顔に当惑《とうわく》したような表情が浮《う》かび、凍《こお》りついた。士官はよろめき、倒《たお》れた。テオは手の中のピストルを見つめた。指は動いていなかった。引き金を引いてはいなかった。

目を上げるとフロリアンが見えた。馬にまたがっていた。煙《けむり》の出ているマスケット銃が鞍の前部に横たえてある。長い髪《かみ》はもつれ、頬は火薬の煤《すす》で黒くよごれている。灰色の目が正面からテオを見つめていた。うっすらとほほえんで、まるで、ぎこちなく靴紐《くつひも》を結ぶ子どもを見ているかのようだった。

フロリアンは頭をぐいと動かしてジャスティンをしめした。「彼の面倒《めんどう》を見てくれ」

彼は馬首をめぐらし、広場を横切って立ち去った。彼の部隊はさっき、はだか馬の一団のあとを追って広場に乗りこんできていたが、今度は、その馬たちをさらに追い立てながら、町の郊外《こうがい》へと移動しようとしていた。四散していた守備隊の兵士たちは隊列を組み直し、マスケット銃《じゅう》の一斉射撃《いっせいしゃげき》を襲撃者《しゅうげきしゃ》たちに浴びせかけていたが、襲撃者たちも負けずに撃《う》ち返した。しかし、ともかく撤退《てったい》が第一。襲撃部隊は、広場の敷石《しきいし》の上に守備隊兵士五、六人の遺体を残して、どんどん去っていった。

テオはピストルを投げ捨てた。ミックルがそばにいた。二人して、ジャスティンを幌《ほろ》馬車に引っぱりこんだ。フリスカが走り出した。

第四部　カバルスの〝庭園〟

18 肖像画《しょうぞうが》

宰相《さいしょう》というのは重要な職務である。その職務にたいする尊敬の念をあらわす意味からも、いくつかの小さな贅沢《ぜいたく》は許されてしかるべきである。カバルスはそう考えていた。

そのひとつが、個人的な〝庭園〟だった。それは、季節を問わず、大小さまざまな情報の花を咲《さ》かせた。カバルスはその庭園に、肥《こ》やしとして、たっぷり金銭をまきちらした。だから、そこで得られる情報は、田舎《いなか》警察や政治スパイどもの野菜みたいに泥《どろ》くさい報告よりも、つねに豊かで正確だった。宰相という地位にあればこそ、このようなすばらしい収穫《しゅうかく》を得られるのだ。これは自分だけの庭園。その収穫をほかの者に分けてやる気など、さらさらなかった。

しかし、どんなに手入れの行きとどいた庭園でも、雑草が生え、草花が枯《か》れることはある。カバルスも、ときどきは失望することがあった。トレンスを始末するためにと当てにした人物は、期待はずれだった。死体となって浮《う》かんでいた。そのこと自体は、カバルスにとって痛くも痒《かゆ》くもないことだ。いずれにせよ、あの男は、予防措置《そち》として処分するつもりだったのだ。カバルスをいらだたせたのは、トレンス博士がどうなったか、まったく見当がつかないことだった。トレンスと暗殺者とは、相討《あいう》ちだったのかもしれない。おたがいに殺し殺されたのか。ありそうもないことだ、とカバルスは思った。王室医務官は埠頭《ふとう》から海に落ち、潮に運ばれていったのかもしれない。が、死体が上がっていない。宰相の秘密の情報屋たちの報告は、ただ、トレンスが消え去ったとだけ伝えていた。カバルスは不愉快《ふゆかい》だった。こんな報告を受け入れたくはなかった。宰相の命令による以外、だれも消え去ったりしてはならぬのだ。

にもかかわらず、カバルスはとりあえず、トレンスを死んだ者として考えることにした。たとえほんとうに死んではいなくても、そうするほうが好都合だった。カバルスは、いまや、国王に注意を払《はら》わなければならなかった。アウグスティンが厄介《やっかい》な存在になりはじめていたのだ。

まず、王は、トレンスを追放したという記憶《きおく》をすっかり失っていた。そして、トレンスに診《み》てもらいたい、彼を宮殿《きゅうでん》に呼べ、と要求した。

「彼は、陛下に無礼を働いたのです」カバルスは言った。「陛下は万《ばん》やむを得ず、彼を解任なさったのではありませんか」

「かまわぬ。彼にもどってほしいのだ」

カバルスは、いかに陛下の仰《おお》せでもそれはなりませぬ、と抗弁《こうべん》したが、アウグスティンは、あくまでも同じ要求をくり返した。数日たって、ようやくそのことを口にしなくなったものの、今度は、ほかのどんな医師の診察《しんさつ》をも拒《こば》むようになった。カバルスが口をきわめて推薦《すいせん》する名医であっても、会おうとはしなかった。そしてこまったことに、アウグスティンの健康は回復の兆《きざ》しを見せてきたのである。

アウグスティンの精神もまた、いくぶん明瞭《めいりょう》さを取りもどしていた。カバルスはこれを、心《しん》霊《れい》術師や降霊《こうれい》術師のせいだと思った。つまり、こういう連中に会って心を掻《か》き乱されないのがいけないのだ。以前は、こういう霊能者《れいのうしゃ》が引きもきらず宮殿《きゅうでん》にやってきたのに、近ごろでは、ごく時たまのことになってしまった。

「報酬《ほうしゅう》がまだ適切でない」アウグスティンはそう言ったのだった。「金額を倍にすべきではないか」

「御意《ぎょい》のままに」カバルスは頭を下げてそう答えた。報酬が支払《しはら》われるようなことはあり得ないと確信していたので、金額が倍になろうが三倍になろうが、反対する理由はなかった。「そのように布告《ふこく》いたさせます」

「さらに、布告にこのことを加えてもらいたい。成功にたいして報酬を提供するのと同様に、失敗にたいしては罰《ばつ》を課する、と」

「罰でございますか？　どのような？」

「彼らは、霊的な能力を持つと主張していたのに、わたしの望みをかなえることができず、わたしを耐《た》えがたいほどに失望させた。にもかかわらず、彼らはそれなりの謝礼を得てふところを肥《こ》やしている。今後は、こうしよう。何も達成しなかった者には、何の謝礼も支払われない」

「まったく仰《おお》せのとおりです。失敗した者に支払いはない。そうあるべきです」

「しかし、これは罰ではない」

「では、何が罰なので？」

「失敗した者は、死刑《しけい》に処されるべきだ」

「陛下」カバルスはさけんだ。「そのようにきびしい罰は――」

「きびしい失望にはきびしい罰がふさわしい」アウグスティンは言った。「それを布告してくれ、宰相《さいしょう》。これは命令だ」

　宰相はさかんに抗議《こうぎ》したが、国王は譲《ゆず》らなかった。ふだんの影響力《えいきょうりょく》にもかかわらず、カバルスは、国王を動かしてそれを取り消させることができなかった。カバルスはもちろん刑罰《けいばつ》の効用を熱烈《ねつれつ》に信じている人間だが、この場合は、結果があまりにも明白だった。金儲《かねもう》けのためになら何でもやるならず者は、わんさといる。愚《おろ》か者の数もそれ以上に多い。しかし、ならず者であって愚か者という人間はそうそう見つかるものではない。死刑になるのを知っていて、できもしないことをやろうとするほど愚かなならず者など、いるわけがない。こんな布告が発せられたら、霊能者たちは一人もやってこなくなるだろう。

　さらに悪いことに、トレンス博士の言っていたとおりになったのだ。インチキ霊能者が引きも切らずやってきて彼の妄執《もうしゅう》をますますつのらせる、ということがなくなったおかげで、アウグスティンは以前の冷静さをいくぶん取りもどしていた。

カバルスは内心、怒《いか》り狂《くる》っていた。今回の布告《ふこく》の一件は、アウグスティンがある程度分別を回復しつつあることをしめしていた。これではこまる。この国の発展のためには、王の病気はぶり返してもらわなければならない。カバルスはそう願った。

しかし、願いごとは、願う側のそれなりの努力なしには、かなうものではない。そのことをカバルスはよく知っていた。彼は、自分の〝庭園〟を通して、さかんに言葉を植えつけた。宮廷《きゅうてい》で新しい霊能者《れいのうしゃ》たちを求めているという話を広めさせたのだ。

数週間にわたって、宰相《さいしょう》は外見的にはひどく陽気だった。喜びをしかめ面で押《お》し隠《かく》すのと同様に、彼は憤怒《ふんぬ》を笑顔《えがお》の中に包みこんでしまったのだ。彼の上機嫌《じょうきげん》は周囲の役人たちをおどろかせた。いつものように、パンクラッツだけが事の真相を理解した。笑顔のカバルスは、危険なカバルスなのだ。

パンクラッツはそれゆえ、腫《は》れ物にさわるような態度で主人に接した。二人だけのとき、カバルスは自分の感情を隠そうとはしない。せんだっても、ささいな失敗をしたからと言ってパンクラッツの顔をまともにぶん殴《なぐ》った。パンクラッツはただ、垂れ下がった頬肉《ほおにく》をもぞもぞとこすり、一礼して宰相の部屋をさがっていったのだ。犬というものは、ときどき主人から殴られる。宰相のマスチフ犬は、そのことをわきまえていて、それゆえにいっそう主人を尊敬した。主人から受けたひどい仕打ちは、パンクラッツ自身の部下に、順送りすればすむことだ。

とはいえ、そう何度も殴られたくはない。ある日の夕刻、「じきじきにお目にかかりたいと言っている者がおります。例の男でございます」と、カバルスに伝えたとき、パンクラッツは用心深く、主人の手の飛んでこない位置に立っていた。

カバルスは居室で夕食をすませたところだったが、食後の気分はあまり快くなかった。それに彼は、情報提供者たちに直接かかわりあうのを好まなかった。まるで、汚物《おぶつ》の中に手を突《つ》っこむような気がしたのだ。こういう仕事はパンクラッツ秘書官にまかせておけばいい。カバルスは首を振《ふ》った。

「あいつには会いたくない。話はきみが聞いておけ」

「閣下、彼の言うところによりますと」パンクラッツは半ば礼をして、両手を広げた。敬意をあらわし、しかも同時に自分をかばおうとする仕草《しぐさ》だ。「なんでも、閣下が近ごろ求めておられることと関連する用件のようです」

宰相の目が、一瞬《いっしゅん》、きらっと光った。が、すぐ、さりげない顔で、「あの男が値打ちのある情報を持ってくるとは思えんが。しかし、まあ、会いたいというなら会ってやろうか」頭をぐいと下に向けて、「あの部屋に通せ」と言った。

カバルスは、ローブを着て、オールド・ジュリアナ宮殿《きゅうでん》の地下室のひとつへと、ゆっくり歩を進めた。そこはかつて拷問《ごうもん》部屋だった。拷問道具は何も残っていない。アウグスティン大王の時代に完全に撤去《てっきょ》されたのだ。もったいないことをしたものだ。もし、このおれがその当時在任していたならば、ぜったい、そんなことをさせはしなかっただろう……。とはいえ、鉄の輪や股釘《またくぎ》は、まだ壁《かべ》のあちこちに残っている。部屋の片すみに木製の上げ蓋《ぶた》があって、人間の胴回《どうまわ》りよりいくぶん大きめの穴をおおっている。石とモルタルで粗《あら》く上塗《うわぬ》りされた深い縦穴が、そこにあるのだ。

縦穴の底は、黒い影《かげ》に包まれていて見えないが、水の流れる音は聞こえる。縦穴の底が地下を流れる川とぶつかっているのだ。それがどこへどう流れていくのかは、まだよくわかっていない。おそらくベスペラ川に合流するのだろう。この縦穴は、かつて、囚人《しゅうじん》——まるごとのや、ばらばらになったのや——を片づける装置として役立った。穴のまわりの石の床《ゆか》が、下り傾斜《けいしゃ》になっている。床を洗い流せば、血や肉体の破片はかんたんに穴の中に流しこむことができた。

現在のアウグスティン王が、この縦穴を煉瓦《れんが》でおおい、封印《ふういん》してしまうように命じたのは、彼が〈ジュリアナの鐘《かね》〉を二度と鳴らさぬようにと命令したのと同じときのことだった。後者は実行されたが、前者は実行されなかった。カバルスは、あえてそれを無視することにしたのだ。こんなみごとな設備を、国王の一時的な思いつきだけのせいで使えなくしてしまうのは、もったいない。これからだって役に立つことがあるはずだ。

来訪者を待って、宰相《さいしょう》は上げ蓋のそばに立ち、それをしげしげと観察した。カバルスが例の〝庭園〟関係の客と会うのはまれなことだが、そのとき、彼はいつもこの部屋を使う。なにしろ、かつての拷問部屋《ごうもん》である。客たちは、その不気味な雰囲気《ふんいき》に打たれ、自分たちの任務の重大さをあらためて思い知らされるのだ。

パンクラッツ秘書官がその男を招じ入れたとき、カバルスはようやく目を上げて、どっしりしたオーク製テーブルに近寄り、腰《こし》を下ろした。パンクラッツはひっそりとすがたを消した。カバルスは、客に腰を下ろせとは言わなかった。しばらく押《お》し黙《だま》って、男をじろじろ見ていた。

小柄《こがら》で頑丈《がんじょう》な男だった。丸い頬《ほ》っぺた全体に汗《あせ》がにじんでいる。毛皮で縁《ふち》どりされた外套《がいとう》と、首に掛《か》けられた金鎖《きんぐさり》が、カバルスの目を引いた。

「えらく出世したようだな」カバルスは言った。「おまえは、たしか、以前、鋳掛《いか》け職人だったはずだが」

「そのとおりです、閣下」男は答えた。「それなりによい商売でした。しかし、町の長老のほうが、重みもあり、収入もあります。いわば、かぐわしい繁栄《はんえい》のにおいをただよわせます。どうも、こちらのほうが、わたしに向いておるようで」

「どの職業を選ぶかはおまえの自由だ。さあ、用件を話してくれ。霊能者《れいのうしゃ》を見つけたそうだな」

「そうです、閣下。見つけたような、見つけてないような……」

「どっちなのだ。はっきりしないか」

「ともかく、奇妙《きみょう》なことでして。数ヵ月前、ケッセルで、一人の悪党に出くわしました。わたしの記憶《きおく》が正しければ、ブルームサという名前。こいつ、わたしを、自分よりもバカだと思い、厚かましくも金《かね》を巻きあげようとしたのです」

「結局は、もちろん、おまえが彼から金を巻きあげたのだね」

「もちろんでございます」男はちらとウインクしてみせた。「しかし、これはまだ、話のまくらでして。やつのことはそれっきり忘れていましたが、しばらくあとで、たまたまフェルデンという町を通ったとき、地元の連中が寄るとさわると、一人の男のことをうわさしていました。なんでも、みんなをアッと言わせることをやったらしいのです。死んだ者の霊《れい》を呼び出しただとか、小娘《こむすめ》を使って霊魂《れいこん》の言葉を話させたとか、ともかく、そういったバカげたことです。

　うまくいっていたらしいのですが、ある時期からだめになった。何が起きたのかは知りません。その娘も、やたらと物怖《ものお》じするようになってしまった。ともあれ、目新しさはなくなり、客も集まらなくなった。今度は債権者《さいけんしゃ》が押《お》しかけてくるようになりました。何もかも、付けで買っていましたのでね。牢屋《ろうや》にほうりこまれる寸前のところで、すがたを消した。夜逃《よに》げをしたのです。フェルデンの町の衆からいろいろ聞いて、わたしは、ははーん、これはブルームサの旦那《だんな》だなと思いました。やつがまた悪さをたくらんだのだな、と。

　警察がまだ、やつの泊《と》まっていた宿を捜索《そうさく》しているところでした。やつらは、大あわてで逃げ出したので、あとに、何か値打ちのあるものが残されているんじゃないかと思ったのでしょう。わたしも好奇心《こうきしん》にかられて、警察が立ち去ったあと少しばかりかぎまわってみました。そうです。この鼻がものを言うのでございますよ、閣下」

自称《じしょう》〝町の長老〟は、自分の鼻を軽くたたきながらつづけた。「この鼻が、何かおもしろいものがあるぞと告げました。何であるかはわかりません。でも、わたしはこの鼻を信用しておりまして、いつもこいつの言うとおりにしています。行ってみて、もしかすると、今回はがっかりすることになるんじゃないかと思いました。めぼしいものが何もないんです。ただ、ひとつ、何となく気になったものがあって、そいつを持って帰りました。なぜそれが気になったのかはわかりません。きっと、こいつが、この鼻が、持って帰れと告げてくれたんだと思います」

宰相《さいしょう》はいらだっていた。いつまでこんな長話を聞かされるのか。いいかげんにしろ、きさまと、きさまの小ぎたない鼻なんぞ、悪魔《あくま》に食われるがいい。そう怒鳴《どな》ろうとしたその瞬間《しゅんかん》、男は、外套《がいとう》から一枚のしわくちゃの紙をとりだし、テーブルの上に広げた。

「フェルデンの衆の話だと、とても実物に似ているそうです」

若い娘の肖像画《しょうぞうが》だった。宰相は一瞬《いっしゅん》ハッとしたが、必死の努力で気を落ち着けた。

「それで、でございますね」男はつづけていた。「あとになって、閣下が霊能者《れいのうしゃ》たちを探しておられると聞きましたとき、わたしは思ったんでございます。このブルームサがもし何かのお役に立つとすれば、とくに、この小娘でもってお役に立つのではないかと」

カバルスは、ほとんど聞いていなかった。肖像画に引きつけられていた。心がおどっていた。やはりそうだ。わたしの確信は正しかった。チャンスは、それが必要になったとき、向こうからおとずれてくるものなのだ。何と単純なことか。もはや、王妃《おうひ》の同意をどう獲得《かくとく》するかと気をもむ必要はない。そもそも王の養子になる必要もない。答えは手のとどくところに横たわっているのだ……。

カバルスは、彼の全生涯《ぜんしょうがい》においてめったにやったことのないことを、やりそうになった。声を立てて笑いそうになったのだ。あわてて頬《ほお》を引きしめ、苦りきった表情で喜びをかみしめた。

「彼らは、いまどこにいるのだ？」

男は肩《かた》をすくめた。「それが問題でございます、閣下。わたしは、やつらのあとを追っていたわけではありません。閣下がそういう関係の連中を探しておられると、もし知っていましたら、やつらから目を離《はな》さなかったのでございますが。これからですと、多少、厄介《やっかい》です。どこをどう移動したかを知るのも、時間がたってしまったので、かなりむずかしい。そんな次第で、閣下のご指示をうかがいに参ったのでございます。もし、それが時間と労力と――そして金銭に値《あたい》するとお考えでしたら」

「彼らを見つけろ」カバルスは言った。「彼らが必要だ」

19 農場にもどって

マスケットは、追跡《ついせき》を逃《のが》れることにかけては経験豊富らしかった。どこへ行くのか、などと聞くこともなく、無言のままフリスカを全速力で走らせて、幌《ほろ》馬車を町のはずれへと運び、田園地帯に入りこみ、牛車が通るのもやっとのような田舎道《いなかみち》をすさまじい勢いで突《つ》っ走った。

ジャスティンは、席にぐったりと横たわっていた。ひどい出血だった。ミックルは自分の服を引き裂《さ》いてつくった布切れで、はげしい揺《ゆ》れにもかかわらず、傷口をふさごうと奮闘《ふんとう》していた。テオは、ミックルを手伝った。手が機械的に動いているだけだった。ミックルはほとんど話しかけようとせず、彼女と再会したテオの喜びは消え去っていた。

彼の心の半分は、ニールキーピングにあった。まだ、広場に点々と横たわる死体が見えた。ピストルを発射しかけている自分が見えた。ジャスティンもまた殺されたかもしれないのだ。血に染まったジャスティンの顔が、黙《だま》ってテオを非難していた。テオは自分をはげしく責めていた。

引き金を引くべきだったのだ。ああ、申し訳ない、許してほしい、と思った。しかし、意識を失ったジャスティンには、テオの言葉など聞くことはできないのだった。

軍隊の追跡《ついせき》を完全に振《ふ》り切ったと判断すると、マスケットは、ようやくフリスカを停止させ、テオに、どこへ行きたいのかと聞いた。マスケットは、彼らを救い、同時に、彼らを迷子《まいご》にしてしまったのだ。テオは、幌《ほろ》馬車を降りて、ここがどのへんなのか見当をつけようとした。彼らは、まったくなじみのない荒野《こうや》の真ん中に来ていたのだ。

ラス・ボンバスもよたよたと降りてきて、草の上に腰《こし》を下ろし、長いあいだの苦行《くぎょう》でおかしくなった両足を伸《の》ばした。服はしわくちゃで、よごれによごれ、頰《ほお》はこけていた。彼はしかし、口ひげから塵《ちり》を払《はら》うほどには元気を回復していた。

「あんたの言うとおりだったよ、若者くん。正直こそが最良の政策だ。檻《おり》に閉じこめられたのは、形を変えた祝福だったのだ。公的屈辱《くつじょく》と私的空腹に耐《た》えながら、我輩《わがはい》は、もし自由の身になったら、これまでのやり方をあらためようと心に誓《ちか》った。今回の試練によって、我輩の体重は減ったものの、我輩の精神はたくましくなったのだ」

テオは食べ物を持っていず、幌馬車の中にも食糧《しょくりょう》はなかったので、ラス・ボンバスは、空腹をこらえ、さらに精神をたくましくするほかなかった。やがて、それにも飽《あ》きて、幌馬車の中にもどった。ジャスティンが意識を回復しかけていた。ときどき、苦しそうにうめいたりもがいたりしていた。ラス・ボンバスはジャスティンを抱《だ》いて、テオが想像もしなかったようなやさしさで、いたわった。

危険はあるけれど、やはり、逆もどりして、ニールキーピング街道を見つけるしかない。テオはそう決めた。御者席《ぎょしゃ》のマスケットのとなりにとびのり、案内を買って出た。とはいえ、まったく知らない土地のこと、何度も迷いかけたが、やがて、幸運と、マスケット自身の方向感覚とのおかげで、ニールキーピング街道にぶつかった。まもなく例の道標もあらわれた。ここで、フロリアンは街道を離《はな》れたのだった。

以前と同様、丘陵《きゅうりょう》地帯の中へ入りこんでいったが、ここでもずいぶん戸惑《とまど》った。何とか農場にたどりつけたのは、とちゅうのいくつかの地点で、ひそかな警備についていたフロリアンの部下たちがあらわれて、道を教えてくれたからだった。

幌馬車が農場の中庭に乗り入れたのは、夕方に近いころだった。フロリアンは母屋《おもや》のドアのわきに立っていた。彼らを見てホッとしたようすだったが、あいさつの言葉はいたってあっさりしていた。フロリアン自身でジャスティンを家の中に運びこんだ。ストックやザラや、ほかの者たちは、いそがしそうに、分捕《ぶんど》った武器を区分けしていた。

暖炉《だんろ》のそばに立っていたトレンス博士は、さっそくジャスティンの傷を調べ、清潔な包帯と、たらいに入れた水を持ってきてくれ、と言った。

「血みどろ、血みどろ、血みどろ」トレンスはフロリアンを見上げた。「わたしは今日、いやというほど血を見たよ」

「わたしもそうです」フロリアンは言った。「お忘れですか、わたしもニールキーピングにいたんです。それから、これも思い出してほしいのですが、あなたは昨日、われわれの武器の貧弱さにあきれておられた。でも、いまでは意見を変えておられるのでしょうね。ともあれ、わたしはいちばん有能な仲間のうちの三人を失いました。四人目を失うことにならないよう、彼の手当てをよろしく」

フロリアンは向きを変えて、ミックルを見た。にっこりほほえんで、優雅《ゆうが》にお辞儀《じぎ》をした。

「ほう。これが問題の娘《むすめ》さんだな？」

「あら、わたしって問題のある娘だったの」ミックルは言った。

「こちらはフロリアンだ」テオは言った。「彼がいなかったら、きみはまだ牢屋《ろうや》だった」

「そして彼がいたせいで」ミックルは答えた。「わたしたち、射殺されるところだった。彼は危険よ」

フロリアンは、からからと笑った。「わたしが危険であるよう心から願うよ。ただし、わたしの敵たちにたいしてだけ、ね。きみはまったく安全だから、心配はいらない。ザラにいろいろ相談したまえ。彼女が、もっとましな衣類も見つけてくれるだろう」

「すっかりお世話になりました」ラス・ボンバスが口をはさんだ。「あなたのような仕事は、かなりの危険をともなうはず。我輩《わがはい》のつくる特別の傷ぐすりをお持ちになりませんかな、格安の値段でお譲《ゆず》りしますが」

フロリアンがけっこうですよと断わると、ラス・ボンバスは、あっさり引き下がり、今度は自分の空腹を満たすことに関心を向けた。

テオはフロリアンの腕《うで》を取った。「知りたいことがあるんだ――今朝起こったことについて」

「きみなしでは、あれはできなかった」フロリアンが言った。「守備隊の注意をそらすために、われわれには、きみのあの騒《さわ》ぎが必要だった。きみは友人たちを取りもどし、われわれは銃《じゅう》と馬とを手に入れた。しかし、犠牲者《ぎせいしゃ》が出た。きみはそのことに悩《なや》んでいるのかい？　でも、もっとひどいことになっていたかもしれないんだよ」

「それだけじゃない。ジャスティンのことだ。きみは彼の命を救った」

「幸運にもね。それが何か？」

「ぼくがやるべきだったんだ。ぼくはあそこに、彼のとなりにいた。ぼくが助けるべきだったんだ」

フロリアンは首を振《ふ》った。「ジャスティンは、だれに助けられたかなんてこと、気にしないよ」

「でも、もし彼が知ったら、きみに助けられたことを誇《ほこ》りに思うはず。ところが、あの士官はぼくのまん前にいた。そしてぼくは、ピストルを持っていた」

「そしてきみは、ためらった」フロリアンは言った。「わたしは見ていたよ。気をつけるんだ、きみ。この次はためらうんじゃない。自分がやられるかもしれないんだから」

「しかし、きみは」テオは言った。「きみは、ためらわなかった。何も考えずにあの男を撃《う》った」

「物事によっては、何も考えずにやるのがいちばんいいこともあるんだよ」

「ぼくは考えないわけにいかない」テオは言った。「考えて理解しないわけにはいかない。きみは、ドルニングで何が起きたかを知っているよね。ぼくはあのとき、自分はぜったい他人の命を奪《うば》ったりしないと誓《ちか》ったんだ。人間を殺すことはよくないことだ。ぼくはそれを信じたし、いまでも信じている。でも、いま、よくわからなくなっている。自分がまっとうな人間であろうとするがゆえに、それを信じるのか？　それとも――ただ単に臆病者《おくびょうもの》であるがゆえに、それを信じるのか？」

「どちらの場合にしても、きみは、われわれと違《ちが》っているわけではない」フロリアンは、ちらりと皮肉《ひにく》っぽい笑《え》みを浮《う》かべた。「みんな怖《こわ》いんだ。怖くてしかたがないんだよ。怖いと感じることさえ怖がっているんだ。きみだって、それに慣れるよ」

「ぼくは慣れたくない」テオはさけんだ。「どんなことになるのか、もしほんとうに知っていたら――」

「ニールキーピングに行かなかったと言うのかい？　きみの仲間がまだ牢屋《ろうや》にいるほうがいいのかい？　檻《おり》の中で飢《う》えているほうが？　それに、たとえきみがあの士官を撃っていたとして、それが何だというのだ？　彼の職業の半分は殺すこと、あとの半分は殺されることなのだ」

「きみに初めて会った日、リナの誕生パーティーで、きみは言っていたね、世の中にある法律はただひとつ、人間はすべて兄弟だということだと」

フロリアンはうなずいた。「そうだとも。そしてときどき兄弟は、正義のために、崇高《すうこう》な大義のために、たがいに殺し合うのだ」

「何が正しく何が間違《まちが》っていると、だれが決めるんだ？　ぼくか？　きみか？　トレンス博士か？　トレンス博士はきみの意見に反対で、君主制を支持している。でも彼は、とても気立てのいい尊敬すべき人に見える」

「彼はりっぱな人だよ」フロリアンは答えた。「貴族でない、平民の彼があの立場をとるのは不思議なことだが、たぶん彼は、わたしよりも実態を知らないのだ。農民たちがどんな目にあっているか、見るがいい。鞭打《むちう》たれて半殺しにされる、自分たちの穀物が地面で腐《くさ》っているというのに、貴族の庭園の草むしりに駆《か》り出される、狩猟《しゅりょう》用の鹿《しか》を放し飼いする場所をつくるからと言って、自分たちの住まいをぶっ壊《こわ》される。わたしは、君主制、貴族制のすがたをトレンスよりもよく知っているのだ。その制度の一員として生まれたのでね」

目を丸くするテオに向かって、フロリアンはにっこりほほえんで、つづけた。

「そう。もしわたしが口にすれば、きみは、わたしの一族の名を知っているかもしれない。もちろん、わたしはそれを言うつもりなど、まったくないけれど。ところで、この農場は、わたしの一族のものなのだ。彼らは、自分たちがここを所有していることさえ忘れている。ほかにもたくさん領地があるのでね。ここがどんな目的に使われているかを知ったなら、腰《こし》をぬかすことだろうよ。
トレンスは、君主制の悪用を正すことだけを考えているけれど――彼は、ほとんど、きみと同じくらい無邪気《むじゃき》なのだ。悪用されること、これが君主制権力のまさに本質なのだ。もうひとつ言っておこう。人間は多くのことを容易にあきらめる。財産でも、愛でも、夢でも、すぐにあきらめて他人に譲《ゆず》りわたしてしまう。権力はぜったいそんなことはしない。権力者は自分の権力をぜったいに譲りわたさない。だから、それは奪取《だっしゅ》するしかない。そして、ねえ、きみ。きみは、自分がどちらの側に立つかを選ばねばならない。君主制は敵にたいして容赦《ようしゃ》ない態度をとる。同様に、わたしも敵にたいしては断固たる行動に出る。しかし、少なくとも、わたしの大義には正義がある」

「たとえ大義はりっぱだとしても」テオは言った。「反対派にたいして、反対派を支持する人たちにたいして、どういう行動をとるかが問題なんだよ」

「この次イェリネックに会ったとき」フロリアンは言った。「聞いてみたまえ、卵を割らずにオムレツをつくる方法を知っているか、とね」

「うん、聞いてみよう」テオは言った。「でも、人間は卵じゃないんだ」

20
夕べの語らい

トレンス博士がフロリアンを呼んでいた。フロリアンはテオとの会話を中断し、心配そうな顔でトレンスに近寄った。

「あの青年、もう危険は脱《だっ》したよ」トレンスは、まくりあげていた袖《そで》を下ろしながら言った。吊《つ》り包帯ははずして、ポケットに詰《つ》めこんである。「ただ、ひどい傷が残りそうだな」

「われわれはみな、そうなるのかもしれません」フロリアンは言った。テーブルに寄ると、部下を呼び集めた。

「ねえ、仲間たち」彼はストックとザラに言った。「われわれはしばらく、おたがいに離《はな》れたほうがよい。わたしは、ニールキーピングで敵にまともに顔を見られてしまった。今日の事件のあとでは、フライボルグにとどまるのも危なくなった。きみたち二人は、あそこにいてもじゅうぶんに安全だろう。わたしは、すがたを消すのがいちばん賢明《けんめい》だ。地下生活もつらいが、捕《つか》まるよりは、ましだからね。イェリネックによろしく。彼が気まぐれにもシチューと呼んでいる、あのごった煮《に》を味わえなくなるのは残念だ、と伝えてくれ。いずれ、きみたちには連絡《れんらく》する。マスケット銃《じゅう》のいくつかを持っていきたまえ。そのうちに、みんなのためのよい隠《かく》れ場を見つけるつもりだ。とりあえず、ジャスティンはわたしのそばにいてもらう。ルーサーもだ」

それから、トレンスに向かって、「あなたはどうなさいます、博士？　あなたとわたしには意見の相違《そうい》がある。しかし、さしあたり、相違は埋葬《まいそう》しましょう——医師と話していて、埋葬などという言葉を使うのは不謹慎《ふきんしん》かもしれませんがね。あなたもわたしも、お尋《たず》ね者。捕《つか》まったら命はない。その点では一致《いっち》できますよね」

トレンスはうなずいた。「きみがきみの意見を変え、わたしがわたしの意見を変えることだってあり得ないことではない。まあ、じっさいには無理だろうが。おたがい顔を見るのもいやだという関係になる日が来るかもしれないが、それまでは、きみと行動をともにさせてもらおうか」

「トレンス博士をここまで連れてきた者として言わせてもらいますが」ケラーが口をはさんだ。「熊《くま》くんはそろそろ冬眠《とうみん》の時期。カスパール爺《じい》さんは、トレンス博士といっしょにあなたについていきますよ」

「カスパール爺さんは、みんなを楽しませてくれないと……」フロリアンは言った。「もし彼が沈黙《ちんもく》したりしたら、カバルスの手であなたが絞首刑《こうしゅけい》になったのも同じことです。あの新聞を出しつづけることが、みんなにたいするあなたの責務なんですよ」

「いや、うれしい言葉だなあ」ケラーは言った。「しかし、いまは、どうにもしようがない。だいいち、わたしは隠れつづけていなければならないんですからね」

「カスパール爺さんと熊くんには、フライボルグで安全な巣が用意されるはず」フロリアンは言った。「その点については、わたしの仲間たちを信用してもらいたいですね」

「たとえ、そうなっても、新聞屋は、印刷機がなくてはお手上げだ。まあ、ときには印刷機があってもお手上げしちまっているヤツもいますがね。ともあれ、印刷機はわたしの商売の基本なんです」

「フライボルグに印刷機も用意します」フロリアンは答えた。「印刷工もいるかどうかは――」テオをちらりと見て、「その点は、この青年しだいだ。彼はそのことについて、古い友人たちと話し合いたいかもしれない。早く話をすませてくれよ、テオ。明日、夜明け前には全員出発するんだからね」

「ところで」ラス・ボンバスが、パンのかけらで皿をぬぐいながら口をはさんだ。「この機会に、尊敬すべき同業者と専門的議論をかわしたいものですな」

「わたしのことを言っているので？」トレンスは、片方の眉《まゆ》をぐいと上げた。「あんたとわたしが、どういう点で、同業者なのかな？」

「われわれは双方《そうほう》とも、科学をなりわいとする人間です」伯爵《はくしゃく》は答えた。「もちろん、広い意味で科学といっても、努力の方向はかなり異なります。……努力といえば、我輩《わがはい》の現在の努力は、我輩の御者と我輩とが、一分一秒でも早くこの国を去ることです。情勢が差し迫っているのをひしひしと感じます。のんびりしてはいられません。我輩が王子の顧問《こもん》として長く暮らしたトレビゾニア王国。この国はきっと、我輩をあたたかく迎《むか》え入れてくれるでしょう」

ミックルとザラが部屋に入ってきていた。ミックルは、ザラからもらったと見えて、古いウールのスカートと男物のジャケットを着、ショールを掛《か》けていた。ザラはフロリアンのかたわらに行ったが、ミックルはすぐに出ていった。ラス・ボンバスが自分の科学的発見について長広舌《ちょうこうぜつ》を振《ふ》るっているのを横目で見ながら、テオはミックルのあとを追った。

夕闇《ゆうやみ》が急速に濃《こ》くなっていた。木々はまだ、葉をすべて落としてはいなかった。ごつごつした枝が中庭に重い影《かげ》を広げている。厩舎《きゅうしゃ》の中でマスケットが働いているらしい。フリスカに声をかけるのが聞こえた。フリスカも、それに答えていないいている。

ミックルは井戸《いど》の近くに立っていた。ショールを肩《かた》のまわりに引き寄せている。テオが声をかけると、振り向いて、冷たい視線を投げてきた。ずいぶん痩《や》せてしまった。服が大きすぎるので、よけいにほっそりして見える。

「フロリアンはぼくに、フライボルグにもどるように言っている」テオは言いはじめた。「ぼくはそこにいたんだよ、あれ以来――」

「さよならも言わずに逃《に》げ出して以来、ね」ミックルが言った。「あなたは、わたしのことを好いているみたいだった。そんなふうにわたしに思わせておいて、あっという間に消えてしまった」

「消えたくなんかなかったんだよ」

「じゃ、なぜ消えたの？」

「それがいちばんいいと思ったんだよ。ぼくには、きみの知らないことがたくさんあるのさ」

「それはどうかしら」ミックルは言った。「伯爵《はくしゃく》はわたしに、あなたが彼といっしょに旅をするようになったいきさつを話してくれたし、そのあとのことは、ザラが全部話してくれたわ」

「そう。じゃあ、きみはぼくが、なぜ、きみにいっしょに来てくれとたのめなかったか、わかるはずだ。ぼくはお尋《たず》ね者だ。警察がぼくを追っている。いつ何どき逮捕《たいほ》されるかわからない。もしフロリアンが助けてくれなかったなら、いまごろは牢屋《ろうや》に入っていただろう」

「わたしの知っている人は、みんな、警察に追われているわ」ミックルは言った。「だから、そんなの、たいした理由にはならない」

「ぼくにとっては、たいした理由さ。もし、ぼくが逮捕されていたら――きみもいっしょに逮捕されていただろう」

「前にもそんなことはあったわ。わたし、慣れてるの」

「ぼくは慣れてない。ぼくは、ぼくの身に起きたありとあらゆることに慣れていない。だまされやすい人々をいっぱい食わせることにも、高地ブラジルの野生のままの少年のふりをすることにも、慣れていない」

「あら、あなた、とても上手だったわ」ミックルは、にっこりした。再会後、はじめての微笑《びしょう》だった。

「それが問題なんだよ。わからないのかい？　伯爵《はくしゃく》に出会ったとき、ぼくは、これは世の中を見てまわるチャンスだと思った。じっさい、それがぼくの望みだった。水でつくった万能薬《ばんのうやく》エリクシルでもって金《かね》を巻きあげたり、死者の霊《れい》を呼びもどす真似をしてみたり、ましてや、だれかの命を奪《うば》おうとしたり、そんなことはまっぴらなんだ。でも、ぼくはそれを全部やってしまった。きみを牢屋《ろうや》から出すについても、泥棒《どろぼう》みたいに嘘《うそ》をついた。もっと悪いことに、そのことで少しも気が咎《とが》めないんだ。少しも心が痛まないんだ。いったい、ぼくはどういう人間になってしまうんだろう？」

「ほかのだれとも違《ちが》わない人になるのよ」ミックルは言った。「自分はほかの人と違うと思っていたの？」

「わからない。自分がどういう人間なのか、もうわからないんだ」

「わかったら、わたしに話してちょうだい」ミックルは言った。「あなたはあちこちうろつくのが大好きらしいから、きっとまた、どこかへ行ってしまうんじゃないかな」

「それはない。いまや、フライボルグに、やらなくてはならない仕事があるからね」

「それはよかったわね」ミックルは言った。「ところで、わたしがどうなるかは、気にならないのね」

「それは――当然、きみは伯爵とマスケットといっしょにいるとばかり、思っていた」

「たずねることぐらい、できたでしょう、少なくとも」

「きみ、ぼくといっしょにフライボルグに来るかい？」

テオ自身の声がそう言っていた。しかし、彼のくちびるから出たものではなかった。井戸《いど》の底から聞こえてくるような声だった。一瞬《いっしゅん》あっけにとられたが、すぐ、ミックルの仕業《しわざ》とわかった。少女はけらけらと笑っていた。

「ぼくは〈ウルトラ・ヘッド〉じゃないぜ」テオは、自分もけらけら笑いながら、抗議《こうぎ》した。

「きみが代わってしゃべる必要はない」

「あなたが、なかなか言わないからよ」

「わかった、わかった」テオは言った。「きみ、ぼくといっしょに来るかい？　ほかのことがどうなろうと、ぼくはかまわない。フロリアンは君主制を倒《たお》そうとしているし、トレンスは君主制に接《つ》ぎを当てようとしている。伯爵はこの国を逃《に》げ出して、今度はトレビゾニア王国の人たちをだまくらかそうとしている。みんな、勝手にしろ、だ。ぼくが求めることはただひとつ――きみとぼくとが、二度と別れ別れにならないってことだ」

ミックルを抱《だ》きしめたとき、テオは、彼女はまだ笑っているのだろうと思った。が、彼はその瞬間《しゅんかん》、夕闇《ゆうやみ》の中で見ることのできなかったものに気づいて、おどろいた。少女の頬《ほお》が濡《ぬ》れていたのだ。

「眠《ねむ》っていて泣くのはよくないけれど」ミックルは言った。「起きていて泣くのはどうなのかしら？」

21 奇妙《きみょう》な再会

夜明けにフロリアンの部隊は出発した。ジャスティンは、包帯を当てられて青白かったが、とても誇《ほこ》らしそうな表情で、騎兵《きへい》隊から奪《うば》った馬の一頭にまたがっていた。フロリアンは、鹿毛《かげ》の雌馬《めすうま》に鞍《くら》代わりの毛布を置いて乗っていた。

「がんばれよ、きみ」彼はテオに言った。「あの件、頼《たよ》りにしているからね」

テオは、隊列が中庭から出ていくのを見守った。フロリアンはテオのことをまだ「仲間」と呼びかけてくれない。そのことを自分は悲しんでいるのだろうか、喜んでいるのだろうか。テオにはよくわからなかった。

ザラとストックとケラーは、そのすぐあとに荷馬車に乗って出発した。テオとミックルは彼らといっしょに行ってもよかったのだが、ラス・ボンバスが、古い仲間同士、仲良く行こうと言ってきかず、フライボルグまで幌《ほろ》馬車で行くことになった。

マスケットがフリスカを馬車につないでいるあいだ、テオはミックルのかたわらにいた。二人は、朝食からあと、ひっきりなしに言葉をかわしていた。もっとも、ミックルの秘密の〈だんまり言葉〉を使っての会話だったので、まわりの者はだれ一人として、彼らが二羽のカササギのようにしゃべりまくっていることに気づかなかった。

いろいろ心配なことはあったが、テオはそれを、いま、わきに押《お》しやっていた。幸福感に満たされて、心配ごとになど、かかずらっていられなかった。ミックルに、ストローマーケット街の屋根裏部屋を、イェリネックの居酒屋を、印刷機を、早く見せてやりたい。まるで、これらがミックルのために用意した宝物ででもあるかのように説明しながら見せている自分のすがたを、思いえがいていた。

ラス・ボンバスは、だめになった軍服に換《か》えて、アブサロム博士のローブを身にまとっていた。昨夜から、たらふく食べ、ぐっすり眠《ねむ》って、元気を取りもどしたらしく、口ひげも手入れして、だいぶしゃれた感じを出している。

「きみたち、考え直してもらえないかな」幌《ほろ》馬車に乗りこみながら、テオとミックルに言った。「トレビゾニアはとほうもなくすばらしい国だぞ。若者くん、約束する。〈口寄せ姫《ひめ》〉も〈ウンディーネ〉もやらない。アブサロム博士のエリクシルも売らない。我輩《わがはい》は今後、美徳の道を歩むつもりだ。ま、あまり人の通らない道だろうがね」

説得が何の効果ももたらさないのを見ると、ラス・ボンバスは大きくため息をつき、幌馬車の片すみにもぞもぞと腰《こし》を下ろした。空に雲はなく、明るくすがすがしい日になりそうだった。マスケットは、最初、ごくゆっくりと幌馬車を走らせた。北に向かう道、しかも、なるべくニールキーピングから離《はな》れた道を見つけなければならなかったのだ。

さすがに〈魔物御者《まものぎょしゃ》〉の勘《かん》はみごとだった。初めての土地だというのに、昼前には、フライボルグにいたる街道にぶちあたった。しかも、街道を走りはじめてすぐの十字路に、宿駅兼《けん》宿屋もあった。そろそろフリスカに飼い葉と水をやらなければならないし、ラス・ボンバスもまた腹に何かを詰《つ》めこみたくなっていた。

マスケットが幌馬車を停止させたとき、伯爵《はくしゃく》は、自分の心の中に古い病気がぶり返しているのに気づいていた。

「何か食べようにもふところに一ペニーも持ち合わせがないというのは、情けないものだ。どうも、正直さには、財産を減らす傾向《けいこう》があるようだ。しかし、待てよ。これが役に立つかもしれん。我輩がカザナスタンのムーン・マウンテンで採取した天然磁石だ。万病をいやす磁力を放射する、とてつもない高価なものだ。さて、どこへ置いたかな。見つかれば、適当な値段で金《かね》に換えてもいいのだが」

彼は、座席の下にある箱の中をさんざん掻《か》きまわし、ようやく、ニワトリの卵ぐらいの大きさの黒い石をとりだした。テオは、これを何度も見たことがある。何の値打ちもない、ただの石ころだ。正直者になろうという伯爵の決意はまだあまりにも新しく、何の試練にもあっていない。

だから、食欲の要求の前にはあえなく崩《くず》れてしまうのだ。やめてください、またペテン師になるんですか、とテオは口をすっぱくしていさめたが、ラス・ボンバスは耳を貸そうとせず、胸を張って宿のラウンジに入りこんでいった。ミックルとテオはしぶしぶついていき、そのあとからマスケットが入った。

ラウンジはあまり混《こ》んでいず、目標を選《え》り好みする余裕《よゆう》はなかった。ひとつのテーブルで、何人かの旅人がドミノ・ゲームをやっていた。中の一人が、自分の前に、硬貨《こうか》を積み重ねた山をいくつも並べて、どうやら、相手たちを圧倒《あっとう》して一人勝ちしようとしている。

ラス・ボンバスは、近寄ろうとして、とつぜん足を止めた。勝とうとしている男をじっと見つめた。首に金鎖《きんぐさり》をかけた、ずんぐりした男である。

「あの悪党を見たか？」ラス・ボンバスは、テオの腕《うで》をつかんだ。「あそこにぬけぬけとすわっている悪党を？」

一瞬《いっしゅん》、テオはわからなかった。が、すぐに思い出した。ケッセルの宿で会った、自称《じしょう》〝町の長老〟だ。

ラス・ボンバスが低い声で言う。「やつはあのとき、我輩《わがはい》から金《かね》をかすめとった。利子をつけて返してもらわなければならん。結局、世界には正義があるんだな。そりゃ、もちろん、許すことは美徳だよ。我輩はやつを、いつの日にか許すつもりだが、今回は許さない。盗《ぬす》っ人《と》め！　やつはいま、何らかのかたちでイカサマをやっている。そうやって罪のない旅人たちから金をふんだくっているんだ。とても見過ごすわけにはいかない。連中に、気をつけろって言ってやろう。きっと感謝されるぞ」

「ほっておきましょう」テオはささやいた。「なるべく騒動《そうどう》は起こさないほうが。出ましょう。宿はほかの場所にもあるでしょう」

ラス・ボンバスはすでに、ローブをパタパタいわせて、そのテーブルに近寄っていた。こぶしを振《ふ》りまわしながら、さけんだ。

「みなさん。この男はとんでもない人間です。詐欺師《さぎし》でペテン師です！　こいつは我輩から財産を巻きあげ、いままた、あなた方に同じことをしようとしています。町の長老だとか体裁《ていさい》のいいことを言って。インチキ賭博師《とばくし》め！　立て、スケイト。否定できるなら否定してみろ！」

伯爵《はくしゃく》の糾弾《きゅうだん》演説に、ドミノをやっていた連中も見物人もほとんどが立ちあがった。ゲームに負けた人たちはみなラス・ボンバスの言葉に賛成の声をあげ、ほかの人たちは、裕福《ゆうふく》そうな紳士が冴《さ》えないローブを着た肥満漢にとっちめられているのを見て、紳士の味方をした。宿の主人はすっ飛んできて、腕《うで》をふりまわしながら、面倒《めんどう》はごめんだよ、けんかなら外でやってくれと、わめきはじめた。

この騒《さわ》ぎのあいだ、スケイトは席を立とうともせず、落ち着きはらっていた。喜びのまなざしでラス・ボンバスを見つめている。伯爵の罵倒《ばとう》にひるむどころか、にこやかに笑っている。

「ブルームサ親方でしたな？　ここでお会いできるとは何という幸せか。実のところ、あなたにお会いしたいと願っていたのです。そうなるよう、あれこれ手も打ちました。ですから、遅《おそ》かれ早かれお会いできたことでしょうが、ともあれ、あなたのほうからあらわれて、余計な手間をはぶいてくださった。いや、実によかった。きっと、いまのこの出会いのことを、あなたは、のちのち、わたしと同様、大きな喜びをもって思い出すことになるでしょう。さあ、あなた、ひと財産つくれるチャンスが待っています」

この言葉に、ラス・ボンバスは耳をぴくりとそばだてた。が、すぐに思い直し、今度はスケイトをにらみつけた。

「そんな言葉で、我輩《わがはい》に、義務を果たすことをやめさせることはできないぞ。財産と言ったな？金《かね》の力で我輩をろうらくして、逃《に》げ出そうなんてことは考えないほうがいい。ま、それはそれとしてだな、我輩は、公平にして理性的な人間として、公明正大な立場で、あんたの思うところを述べさせなければならない。なんなら、内々で、聞かせてもらおうか」

二人の周囲には人垣《ひとがき》ができていた。そのとき、その人垣を掻《か》き分けて一人の軍人があらわれ、しげしげとラス・ボンバスの顔を見つめていたが――、

「閣下、お目にかかったことがございますね？」

「なんだって？」ラス・ボンバスは、あわてて士官に視線を投げ、「まったく覚えがないな。いいから、ほっておいてくれないか。この紳士と我輩は、話し合うべきことがあるのだ」

「しかし、本官には見覚えがあります」士官は引き下がらなかった。「閣下はサンバロ将軍。ここにいるのは閣下の従僕《じゅうぼく》。しかし、たしか、この若者はトレビゾニア人だったのでは。そして閣下ご自身も、軍服を着ておられない――」

「仕立て屋に修理に出しておるのでな」伯爵《はくしゃく》は押《お》し殺した声で答えた。それからとつぜん、軍人らしい態度に変わって、大尉《たいい》――あの騎兵《きへい》隊長――の顔をじっと見つめ、「我輩はただ、きみの記憶力《きおくりょく》を試していただけだ。士官たるもの、つねに冷静沈着《ちんちゃく》、すべてに気をくばっていなければならない。その点、きみは見上げたものだ。いずれ、きみの上官にはしかるべき報告を送っておこう」

「失礼でありますが、将軍閣下」大尉は答えた。「すべては規則にのっとって行なわれるべきです。本官は、閣下がさきほどこの人物を非難されるのを聞きました。思いますに、閣下は、彼にたいし正式に告発をなさることでしょう。本官は、閣下のおんために、その告発手続きのお手伝いをさせていただきたいのです」

「その必要はない。彼とのことは、我輩、自分で始末をつける」

「ふたたび失礼でありますが、将軍閣下。もうひとつ、問題がございます。単なる形式にすぎません。閣下が平服を着用しておられるので、本官としては、閣下の身分証明書の提示を求めざるを得ないのです」

「実にみごとだ」伯爵は言った。「まことに職務に忠実だ。しかし、証明書のたぐいは我輩の軍服の中なんだ」

「閣下。本官は命令を受けており、それにもとづいて行動せざるを得ません。ニールキーピングの町で深刻な事態が発生しています。適切な身分証明がないと、たとえそれが陸軍元帥《げんすい》自身であろうと、本官は、逮捕《たいほ》しなければならないんであります。本官は、規則に反するわけにいきません。閣下は、だれにもまして、そのことを理解なさっておられると存じます」

「軍法会議にかけてやるぞ！」ラス・ボンバスはさけんだ。「逮捕できるものなら逮捕しろ！きさまを軍隊から追い出してやるぞ」

「大尉《たいい》、あんた、間違《まちが》っているよ」スケイトが言った。「あんたには、だれも逮捕できないんだ」

「きさまには関係ないことだ」大尉は言い返した。「黙《だま》らないと、きさまをぶちこむぞ」

将軍と揉《も》めごとになって当惑《とうわく》していた彼は、民間人をしかりつけるチャンスを得て、喜んでいた。

しかし、スケイトは平然としたもので、上着から一枚の紙片をとりだすと、「これを読みな。署名と印章を見ればわかるはずだが？」

大尉は目をこらして文書を見た。つづいて、右手をさっと挙《あ》げ、しゃちこばった敬礼をした。

スケイトはうなずいた。「わかったな。わたしは完全な権限を持っている。この男と三名の関係者は、すでに事実上、逮捕されている。あんたの権能によってではなく、わたしの権能によってだ。彼らの身柄《みがら》はわたしがあずかる」

「了解いたしました。あの娘《むすめ》もですね？」

「全員だ」スケイトは答えた。「とりわけ、あの娘が重要なのだ」

22

囚《とら》われの旅

「大尉《たいい》」スケイトは言った。「ただちにあんたの指揮官に連絡《れんらく》し、この四名を移送するための武装警護隊を派遣《はけん》するよう依頼《いらい》してくれ」

人垣《ひとがき》をつくっていた連中は、なにやら深刻そうなこの厄介《やっかい》ごとに巻きこまれてはたいへんと、じりじり遠ざかった。スケイトは、外套《がいとう》の下からピストルをとりだした。

「いいかげんにしろ！」ラス・ボンバスが怒鳴《どな》った。「この男はペテン師だ。完全な権限だと？ そんな紙切れ、偽造《ぎぞう》したものに決まってるじゃないか。言っておくが、大尉、我輩《わがはい》は、国の上層部に多くの知り合いがいる。このような無礼を働いて、ただですむとは思うなよ」

伯爵《はくしゃく》の抗議《こうぎ》は耳にも入らないかのように、大尉は、くるりと踵《きびす》を返し、旅館から出ていった。スケイトの命令を実行するのだろう。

テオはおどろいていた。自分だけが逮捕《たいほ》されるのなら、わかる。この数ヵ月というもの、捕《つか》まることばかりを恐《おそ》れて暮らしてきた。しかし、なぜ、ミックルまでが捕まらなければならないのか。しかもスケイトは、テオにはほとんど目もくれない。スケイトの目は、たえずミックルに注がれている。

ミックルは、ショールを首のまわりに引き寄せて、放心したような顔をしていた。それから、ぎくりとしたような動作をし、半ばほほえみながらスケイトの頭の向こうに目をこらしている。

「動くな」とつぜん、声が聞こえた。「一歩も動くんじゃない。さもないと、命をもらう。ピストルを落とせ」

ミックルだ。ミックルの得意技のおかげで救われた、とテオは思った。スケイトは体をこわばらせ、憤怒《ふんぬ》の形相《ぎょうそう》だった。彼の右手から、かたりとピストルが落ちた。マスケットがすっ飛んで行って、それを拾おうとした。

スケイトは振《ふ》り向いて、声のしたほうを見た。だれもいない。だまされたと悟《さと》った。どうやってだまされたのか、考えているゆとりはない。ただ、すさまじい速度で動いた。片足をさっと突《つ》き出して、マスケットの伸《の》ばした手を思い切り踏《ふ》みつけた。悲鳴をあげるマスケット。そのあばら骨に、もう一方の足のかかとを食いこませた。次の瞬間《しゅんかん》、ピストルを取りもどしていた。

テオは、われを忘れてスケイトに飛びかかった。飛びかかりながら、ミックル、逃《に》げろ、とさけんでいた。

宿の主人が、暖炉《だんろ》のわきのラッパ銃《じゅう》をつかみとり、ミックルにねらいをつけた。

「手出しするんじゃない」スケイトがさけんだ。「あんたには関係ないことだ」

テオは、スケイトに跳《は》ね返され、頭にピストルの銃口《じゅうこう》を突《つ》きつけられていた。

「よく聞け、あんたたち」スケイトは四人をにらみつけ、食いしばった歯のあいだから低い声で言った。「わたしは、あんたたちを傷つけたくはない。ジタバタしたって、逃《のが》れられはしないんだ。ところで、この若者だが――」とテオを指さして、「彼は、あんたたちをニールキーピングから脱出《だっしゅつ》させるのに関係している。なぜわたしがそれを知っているかは、いま、どうでもいいことだ。彼が、あの反乱者どもとつながりがあることは明らかだ。いまここで、彼を軍隊に突き出すこともできる。そうすれば、たちまち壁《かべ》ぎわに立たせられて銃殺《じゅうさつ》だ。それとも、みんなで、ジタバタせずにおとなしく、わたしについてくるか。そうすれば、この若者のことも、友だち同士のあいだの小さな秘密にとどまって、表沙汰《おもてざた》になることはない。どうだい、公正な取引じゃないかね？」

ラス・ボンバスは、不承不承《ふしょうぶしょう》うなずいた。

スケイトはピストルを下げ、にっこり笑った。まるで、むずかしいけれど、いずれはしこたま儲《もう》かることになる契約《けいやく》を結んだみたいな顔つきだ。

「よし。これで、おたがいに理解し合えたわけだ。この約束を守るのが、あんたたちの利益でもあり、わたしの利益でもある」

「あんた、ぼくたちから何を求めているんだ？」テオは聞いた。

「わたしかね？　わたしはまったく何も求めていない。だが、ほかの人たちが、あんたたちに用があるらしい」スケイトはウインクした。「どんな用であるかは、あんたたちが直接聞くんだな」

「あんたの言うことを聞くべきだったよ、若者くん」ラス・ボンバスは深いため息をついて、テオにささやいた。「あの悪党が彼らから巻きあげるのを黙《だま》って見ていればよかった。ああ、なんだって我輩《わがはい》は、正直者になんぞなってしまったんだ」

スケイトは、店の主人と見物人たちに、もしこの出来事のことをよそでしゃべったら、どこまででも追いかけていって首根っこを引きぬくぞ、と脅《おど》した。そのあと、がたがた震《ふる》えている主人に向かって、いたっておだやかに、食料を詰《つ》めた籠《かご》を用意するよう命令した。

自分たちが囚《とら》われ人であることは、あまりにも明らかだった。しかし、どういう種類の囚われ人なのか、テオにはそれがよくわからなかった。大尉《たいい》が、警護のための騎《き》兵《へい》の一隊を引き連れてもどってきたとき、スケイトは、四人が少しでも安楽な旅ができるよう、何かと気をくばった。寒くなったときのために、キルトと毛布を用意させた。テオの予想に反して、手かせ足かせをはめることもしなかった。それどころか、にこやかな顔で、「あんたたち、お客さんだと思っていていいんだよ」とまで言った。

彼らは、幌《ほろ》馬車に乗って移動することを許された――というか、そうするしか適当な移送方法はなかったのだ。マスケットは最初、御者《ぎょしゃ》をやることを禁じられ、ほかの三人といっしょに幌の中にいた。スケイトが手綱《たづな》を取っていたのだが、フリスカがなじみのない手に扱《あつか》われるのを嫌《きら》って、おびえたり暴れたりしはじめたため、結局、マスケットが御者席《ぎょしゃせき》にもどらなければならなかった。テオは、〈魔物《まもの》御者〉が折を見て、フリスカを猛《もう》スピードで走らせ、警護隊を置き去りにしてくれないかと思ったりしたが、とうてい無理な話だった。幌《ほろ》馬車の周囲は、騎《き》馬《ば》の兵士がびっしり取りかこんでいるのだった。

スケイトは、ときどきマスケットのとなりにすわった。いつ、どこで停めるか、小さな町の宿や、街道ぎわの宿駅などを選んで、指図した。しかし、たいていは幌馬車の中にがんばっていたので、四人の囚人《しゅうじん》のあいだでは、真剣《しんけん》な話し合いなどまったくできなかった。

テオとミックルは、例の〈だんまり言葉〉を使ったので、聞かれることはなかった。スケイトがまどろんだり窓の外をながめたりしているとき、ミックルの手は、ほとんど目にも留まらないほど、かすかに、すばやく動いた。

ミックルの指の動きがテオに告げた。「わたし、彼のピストルを奪《うば》えるわ」

「危険すぎる」テオも手の動きで答えた。

「じゃ、どうするの?」

「わからない。待て。気を抜《ぬ》かずにいるんだ。いずれ、チャンスが来るかも」

テオが絶望していることは、〈だんまり言葉〉で伝える必要はなかった。顔を見れば、だれにでもわかった。

スケイトはというと、いたって上機嫌《じょうきげん》だった。四人たちが逃《に》げ出す心配もなく、幌馬車が進むにつれて、どんどん陽気になり、おしゃべりになった。親しい仲間たちと楽しい旅をしているかのようだった。

「うるさいな、悪党め」ラス・ボンバスはつぶやいた。「きさまの面を見るのもいやだが、きさまのおしゃべりを聞くのは、もっといやだ」

スケイトは、悲しそうなまなざしでラス・ボンバスを見て、「そう言うがね、あんた、いずれ、わたしに感謝することになるんだよ。あんたはまだ知らないが、わたしのおかげで、ひと財産つくる道を歩きはじめているんだ」

そんな話、信じられるものか、と言わんばかりにラス・ボンバスは鼻を鳴らした。

スケイトはウインクして、「ほんとにそうなんだよ。わたしの言葉に嘘《うそ》はない。この一件が片づいたとき、あんたは、えらい金持ちになっている」と言い、それから明るい声で付け加えた。「でなければ、死体になっているのさ」

スケイトは、必要とあらば、一軒《けん》の宿屋全体を借り切ることをためらわなかった。例の書類の力にものを言わせて、すでに泊《と》まっている客たちに、よそのどこかで宿を見つけろと命令した。いちばん大きな部屋を選び、四人をそこへ追いこんだ。四六時中、兵隊が交代で警備に立ち、ドアの外やら部屋の中やらに目を光らせた。

テオはさんざん知恵《ちえ》をしぼり、ミックルはかつて習ったありとあらゆる泥棒《どろぼう》の技術を思い出したのだが、うまい計画は思いつかなかった。脱出《だっしゅつ》は不可能だ、とテオは認めざるを得なかった。だが、それ以上にテオの心を苦しめていることがあった。ミックルがまた悪夢を見るようになっていたのだ。

ミックルは、眠《ねむ》りの中ではげしく体を動かし、すすり泣き、さけび声をあげた。警備の兵隊たちは、囚人《しゅうじん》たちと言葉をかわすことが禁じられていたから、そんな彼女を、頑固《がんこ》に押《お》し黙《だま》って見つめているだけだった。テオが彼女のそばに寄ろうとすると、兵隊のマスケット銃《じゅう》が突《つ》きつけられた。

旅はしだいに、きびしい雰囲気《ふんいき》になっていった。スケイトもいらだつことが多くなった。ある朝、彼は全員を、夜明けにはまだ時間があるときに起こし、全速力で前進するよう警備隊に命令した。幌《ほろ》馬車の中で、彼はカーテンをきっちり下ろしておくよう言った。テオは、昼か夜かを気にするのをやめていた。

何時間も走ったあとで、幌馬車は停止し、スケイトは指を鳴らして、囚人たちに降りろと言った。外に出て初めて、テオはもう夕方なのだと知った。彼らのいるのは、二つの高い建物のあいだの中庭だった。ミックルは半ば眠って、テオのとなりで身を震《ふる》わせていた。ラス・ボンバスは目をぱちくりさせていた。

「なんてこった」ラス・ボンバスはささやいた。「あのペテン師、われわれを、マリアンシュタットに、ジュリアナ宮殿《きゅうでん》に連れてきたぞ。あそこに鐘楼《しょうろう》がある。我輩《わがはい》はあれを何度も見た。外側からね。そう、間違《まちが》いなく、われわれは宮殿にいる——しかし、宮殿の内側にいるってのは、どういうことなんだ？」

そのとき、スケイトに一人の男が近寄った。ずんぐりした、がにまたの男で、宮廷服《きゅうていふく》を着ている。

「連れてまいりました」スケイトは言った。「ご要請《ようせい》のとおりに」

「この連中か？」がにまたの男は顔をしかめてそう言うと、スケイトに財布《さいふ》を手わたした。スケイトはそれを、目にも留まらぬ早業《はやわざ》で自分の外套《がいとう》の下に突《つ》っこんだ。「もういいから、出ていけ。このへんでうろうろするんじゃない。おまえの仕事はもう終わったんだ。それにしても、おまえ、あの連中を、宰相閣下《さいしょう》がごらんになる前に、もう少し身づくろいさせておくべきだったな」

テオは、ミックルの手が、彼の手の中できゅっと引きしまるのを感じた。いったい、どういうことなのか。が、いまの言葉を理解する前に、宮殿警備隊の一隊が駆《か》けてきて、彼らの周囲をとり巻いた。四人は、古いほうの、要塞《ようさい》のような建物に連れていかれ、長い廊下《ろうか》を歩かされた。がにまたの男が先頭に立って、地階におり、ある部屋の前で立ちどまると、入るように合図した。家具の少ない部屋だった。

黒いローブを着た男が、テーブルに向かって書類を読んでいる。しばらく仕事をつづけたあとで、ようやく目を上げた。

「あんた方、北部地方から来たということだな。疲《つか》れる旅でなかったのならいいが」

カバルスはほほえんだ。

23 宰相《さいしょう》の要求

　テオは、怪物《かいぶつ》のような男を想像していた。ところが、目の前にいるのは、町役場の書記かと思われるような、痩《や》せた、くちびるの薄《うす》い、ごく当たり前の男だった。が、次の瞬間《しゅんかん》、テオは、口の中にさびた金属に似た味わいを感じた。目の前の男は、権力のにおいを放っている。そのにおいが空気中に垂れこめているのだ。頭がくらくらした。息が詰《つ》まった。喉《のど》もとをしめつけてくるはげしい思い。これは憎《にく》しみなのだろうか、それとも恐怖《きょうふ》なのだろうか。

　まだほほえみながら、カバルスは、四人の囚人《しゅうじん》のそれぞれを見やった。最後に少女を見て、そのまま視線を固定した。うなずくかのように、頭を小さく動かした。

　ミックルの頬《ほお》は灰色になっていた。彼女の喉が、ヒイッと、かすれたような音を立てた。少女ははげしく震《ふる》えはじめていた。倒《たお》れるのではないかと思って、テオは彼女の腕《うで》をつかんだ。

「その娘《むすめ》は、具合が悪いのかね？」カバルスはたずねた。「飲み物でも用意すべきだったのに、ついうっかりしていて申し訳ない。一日じゅう机に向かっていたものでね。今後、あんたたちの入り用なものについては、パンクラッツ秘書官が面倒《めんどう》を見てくれるだろう」

ラス・ボンバスが最初に声をあげた。「嘆《なげ》かわしい誤解が、何らかの法律的あやまちがあったようでございます、閣下。われわれの命が脅《おびや》かされ、われわれは囚人《しゅうじん》としてここに連行されました。いかなる明確な理由もなく」

「理由はきわめて単純明快だ」カバルスは言った。「わたしがそれを命じたのだ。わたしが雇《やと》った人間は義務の遂行《すいこう》において熱心すぎたかもしれない。しかし、あんたたちは囚人ではない」

ラス・ボンバスがフーッと安堵《あんど》のため息をつくのを、カバルスは片手で制し、話をつづけた。「いや、かならずしも囚人ではない、と言うべきかな。それは今後決まってくる問題だ。ここ数日、わたしは多数の報告に目を通してきたのだが、どうも、この若者にたいしては重大な告発がなされているようだな。暴力行為《こうい》、殺人未遂《みすい》、武装反乱――こいつはなかなか厄介《やっかい》だぞ」

カバルスは、書類をぺらぺらとめくった。「あんたについては――このあいだ反逆者の一団がニールキーピングの守備隊を攻撃《こうげき》した。いろいろな報告を総合して判断するに、あんたはどうもその現場にいたようだ」

「檻《おり》に入れられていたんです!」ラス・ボンバスはさけんだ。「そして、この二人は――」

「同じ反逆者どもの手を借りて牢《ろう》から逃《に》げ出した。法律の厳格な条文にもとづいて言えば、あんたたちは凶悪《きょうあく》な犯罪の現場にいた。そこで十人もの兵士が殺されたのだからな。あんたは、それを阻止《そし》するためのいかなる行動もとらなかった。当局の側にたいしていかなる支援《しえん》も行なわなかった。いかなる情報も提供しなかった。法廷《ほうてい》はあんたの態度をきびしく判断するに違《ちが》いない。じっさい、極刑《きょっけい》を判決する以外、選択《せんたく》の余地はないだろう。

一方、わたしはすべての告発を帳消しにする用意がある。あんたとあんたの仲間は釈放され、ふんだんに補償《ほしょう》を受けることもできる。それは、あんたがどれだけわたしの役に立ちうるか、にかかっている。これは奉仕《ほうし》であると同時に義務でもあるのだ」

「ぼくは、あなたにたいしては何の義務もありません」テオが言葉をはさんだ。「ぼくは、告発されているとおりのことを、じっさいにやりました。そう、殺人未遂さえも。しかし、あんたは、殺人未遂以上のことをのべつまくなしにやっている……」

「後生《ごしょう》だから、黙《だま》ってくれ」伯爵《はくしゃく》がささやいた。「チャンスをつぶすようなことを言うもんじゃない」

カバルスは、テオの非難に怒《いか》らなかった。むしろ、悲しんでいるように見えた。「この国の臣民の中に、わたしが厳格であると言って糾弾《きゅうだん》している者がいることは、よく知っている。正義は、より高い大義のためには厳格でなければならない。彼らはそのことを理解しないのだ。王国の基本そのものが危殆《きたい》に瀕《ひん》しているときには、義務にたいする断固とした無私無欲の献身《けんしん》こそがもっとも高潔な美徳である。王国の安泰《あんたい》と繁栄《はんえい》、それだけがわたしの唯一《ゆいいつ》の関心事なのだ」

宰相《さいしょう》はラス・ボンバスに向き直り、「率直に、包み隠《かく》しなく話そう。もはや秘密ではないが、アウグスティン王は深刻な病いをわずらっておられる。娘《むすめ》を失った悲しみから立ち直れず、いまや、国を支配する能力もないほどだ。しかしながら、聞くところによると、あんたは特別の才能を持っている。わたしはあんたに、その能力を国王のために使ってくれることをたのみたいのだ」

「宰相《さいしょう》閣下」ラス・ボンバスはさけんだ。「まことに光栄なことでございます。もし閣下のお気持ちを存じておりましたなら、我輩《わがはい》、喜んで駆《か》けつけましたでしょうに。さあ、ご用のおもむきをお聞かせください。アブサロム博士のエリクシルで陛下を治療《ちりょう》申しあげればよいのでしょうか？　この妙薬《みょうやく》は、人間にも動物にも、奇跡《きせき》のような効能をあらわしておりますので、国王については、一段とすばらしい効果をもたらすことでしょう。ほかにも、カザナスタンの山で採れる霊妙《れいみょう》なる石を所有しておりますし、さらには、秘伝の霊水《れいすい》もございます」

「くだらん」カバルスは言った。

「何ですか？」

「くだらん」カバルスはくり返した。「あんたは低級なペテン師だ。軽蔑《けいべつ》すべきインチキ野郎《やろう》のろくでなしだ」

マスケットは真っ赤になって主人を弁護しようとしたが、それより早く、テオがさけんだ。

「そうですよ。でも、あんたよりよい人間だ。あんたは美徳と義務について語るけれど、そういうものを嘘《うそ》っぱちに変えてしまったのは、あんたなんだ」

「たのむよ、若者くん！　黙《だま》っていてくれ」伯爵《はくしゃく》はささやいた。「呼びたいように呼ばせておけばいい。もし彼が我輩から何かを求めていて、それをやれば、われわれの命が助かるのなら、彼の話を聞こうじゃないか」

そのとき、テオは、ミックルがそばにいないことに気がついた。カバルスは、テオの怒《いか》りの言葉など聞いてはいなかった。テオの背後の、部屋の片すみに視線を投げて、さけんだ。「あの娘を連れてこい」

宰相の声には、恐怖《きょうふ》に似たひびきがあった。「そこに近寄らせるんじゃない」

少女は、部屋のすみの、石の床《ゆか》に取りつけられた木の上げ蓋《ぶた》を見下ろしていた。テオが駆け寄っても振《ふ》り返ろうとせず、凍《こお》りついたように立っていた。目は焦点《しょうてん》を失っていた。マスケットも駆けてきた。二人して、下り傾斜《けいしゃ》になったその場所からミックルを引きもどした。

「血のにおいがするわ」彼女はつぶやいた。「彼は、ここで多くの人を殺してきた。わたしにはわかるんだ」

触《ふ》れてみると、ミックルの額《ひたい》は燃えるように熱かった。テオはカバルスに向かって、「この子は病気です。医者に診《み》てもらわなければ。彼女をここから出してください」

「ほんとうに病気なのかな」カバルスは答えた。「すぐよくなるさ。よくなってもらわねばこまるのだ」

「閣下が我輩に何を求めておられるにせよ」ラス・ボンバスが口をはさんだ。「彼女はその中で何の役割も演じません。自由の身にしてやっていただきたい。我輩《わがはい》の治療《ちりょう》と手当て――彼女はそれのいずれにも関係がないのです」

「いや、彼女は重要な役割を持っている」カバルスは言った。「国王は、亡《な》き王女の霊《れい》と語り合うことを望んでおられる。フェルデンという町から報告が来ている。あんたは、この娘《むすめ》を助手にして、霊魂《れいこん》やら幽霊《ゆうれい》やらを呼び出したそうじゃないか」

「それを信じるのですか？」ラス・ボンバスは真っ青になってさけんだ。「閣下。理解していただかなければなりませんが――そしてこれは、われわれだけの秘密事項《じこう》にしてほしいのですが――これらの幽霊やら霊魂やらの呼び出し、そういうものはすべて、何というか――」

「偽物《にせもの》だ」カバルスは言った。「イカサマ師のペテンでしかない」

「そのとおり！」と伯爵《はくしゃく》は答えたが、その声には、何がしか誇《ほこ》らしさがにじんでいた。「単なるイリュージョン。お芝居《しばい》の一種です。一瞬《いっしゅん》、我輩は閣下がそれらを本物と受け止められたのかと思いました。もし国王陛下が亡き王女の霊と語り合いたいとお望みになるのなら、この娘は陛下のお役には立てません。彼女は、どんな種類の幽霊も呼び出したりはできません。ましてやアウグスタ王女など……」

「王女の霊を呼び出さなくてもよい」カバルスは言った。「彼女自身がアウグスタ王女の霊になればいい。二人はおどろくほどよく似ている。年ごろもぴったりだ。王女が生きていたらちょうど彼女くらいの年なのだ」

「無理でございます！」ラス・ボンバスがさけんだ。「この娘は浮浪児《ふろうじ》です。王さまに、彼女を王女だと信じさせるなんて、そんなことできるわけがありません」

「彼女がどれほどたくみにふるまうか――」カバルスは言った。「それはまったく彼女しだいだ。彼女のために、そしてまた、あんたのために、説得力ある演技であることを、わたしは望むよ。国王陛下は、自分を失望させた者は死刑《しけい》に処すると宣言している。これは王の命令であって、わたしのではない。わたしにはそれを変える権限がないのだ。陛下は、あんたたちが宮殿《きゅうでん》に来ていることをご存じだ。今夜、特別の謁見《えっけん》を許されるだろう。陛下を失望させてはならぬぞ」

「時間がありません」ラス・ボンバスは言った。冷や汗《あせ》が吹《ふ》き出しはじめていた。「あれやこれや特別の準備が必要でございます。それがととのいませんと――」

「必要なものは何でも用意させる」カバルスは言った。「あの娘にやってもらうことはただひとつ。王女として、あるメッセージを父親に伝えればよいのだ」

「メッセージですと？　国王に何を言うか、彼女にわかるはずがありません」

「わたしが言えと指示することを言えばいいのだ」カバルスは答えた。「メッセージは単純だ。しかし、正確にあたえなければならない。いいかね、娘よ。わたしの言うことを注意深く聞くのだぞ。きみは陛下に告げるのだ。きみの不幸な霊魂は、きみのたのんだことを陛下が実行しないかぎり、決して昇天《しょうてん》しないだろう、と。きみにたいする陛下の愛のために、陛下自身の心の安らぎのために、そしてウェストマーク王国の安泰《あんたい》と繁栄《はんえい》のために、王位をしりぞいていただきたい、と」

「何ですって？」ラス・ボンバスはさけんだ。「王に退位を願うのですか？　幽霊《ゆうれい》がそれを求めるがゆえに、王座を去れ、と？　そんなことを陛下はなさりますまい」

「陛下は、自分の娘《むすめ》がたのむことをなさるはず」カバルスは言った。「陛下はいつもそうだった。王女の生前、国王陛下は王女にたのまれたことをひとつも断わらなかった。いまも断わるまい。むしろ、以前にも増して、王女の求めるものを、何であれ、認めるだろう。わたしは陛下の心をよく知っている。ぜったい、間違《まちが》いない。

しかし、もうひとつ、彼女の言うべきことがある。王女は、国王に退位してほしいとたのむだけではないのだ。陛下に後継者《こうけいしゃ》を指名するよう、たのまなければならない。自分の後継者は宰《さい》相《しょう》であると述べたうえで、退位してもらいたい――彼女は陛下にそう告げるのだ」

「正気の沙汰《さた》じゃない！」テオがさけんだ。「あんたは自分を国王にしようとしているんだ！」

「わたしでなく」カバルスは言った。「アウグスタ王女が、わたしを国王にしてくれるのだ。わたしに代わってね。わたしはかつて、陛下の養子となりあとを継《つ》ぐことも考えた。しかし、今回の考えのほうがずっと単純で、しかも退屈《たいくつ》な待ち時間を節約できる。なに、単に形式だけのことだ。じっさいには、わたしが統治しているのだからな。名称《めいしょう》を実態に合わせたいのだよ。つまり、カバルス一世だ」

宰相は立った。「さあ、わたしは陛下に申しあげに行く。あんたと話してみて、霊《れい》を呼び出すあんたの能力は本物だとわかった、とね。あんたは、あの娘に、なすべきことをしっかり理解させてやってくれ。わたしがもどるときまでに、あれこれの準備とやらをはっきりさせておいてくれ。たのんだぞ。成功のあかつきには、陛下から巨額《きょがく》の報酬《ほうしゅう》がいただける。単に死刑《しけい》にならないだけではあまりやる気も起きないだろうが、なにしろ、とほうもない額の金《かね》にありつけるんだからな」

カバルスが部屋を出ていくと、ラス・ボンバスは両手でピシャピシャと頭をたたいた。「やられた！　やつの思う壺《つぼ》にはまった。若者くんよ、あんたが〈口寄せ姫《ひめ》〉を思いつきさえしなければよかったんだが。たしかに、ミックルはすばらしい能力を持っている。それはわかっている。しかし――アウグスタ王女の霊だって？　そんなこと、できるわけがない」

「彼女にそうしてほしいの？」テオは聞いた。「アウグスティン王かカバルス王か？　フロリアンはどちらにしたって同じことだと言った。でも、彼は間違《まちが》っていたとぼくは思う。君主制についての彼の意見が正しいか、トレンス博士の意見が正しいか、それはぼくにはわからない。ぼくにわかっているのは、ただひとつ、あの殺人者を王座にすわらせることに、何の役割も果たしたくないってことだ」

「カバルス王なんて考えるだけで恐《おそ》ろしい。それは認めるよ」伯爵《はくしゃく》は言った。「しかし、われわれが死刑になるのは、もっと恐ろしい。やってみるしか方法がないだろう。案ずるより生むが易《やす》しで、意外とうまくいくかもしれん。ミックルのことをアウグスティンが本物だと思いこむかもしれん。金さえもらえば、あとは知ったこっちゃない。カバルスは思いのままにこの国を支配すればいい。われわれはさっさと出国してトレビゾニアに向かう！　ねえ、ミックル、聞いておくれ――」

「バカバカしい！」テオがさけんだ。「あなた、ぼくらがここから出ていけると思うんですか？用事のすんだあと、カバルスがぼくらを一秒でも生かしておくと思うんですか？　ぼくらは、彼の知られてはこまる秘密を知っているんですよ？　彼が偽者《にせもの》の王女の言葉を基にして、自分で自分を王位につけたことを、何から何までインチキだということを、知っているんですよ？　彼がぼくらを生かしておくわけがない」

伯爵《はくしゃく》は言葉に詰《つ》まった。表情を暗くして、「我輩《わがはい》はそんなふうには見なかったんだ。しかし、あんたの見方も筋が通っているな」

そのとき、例の上げ蓋《ぶた》のまわりをうろついていたマスケットが、がっかりしたように首を振《ふ》りながら、もどってきた。

「あの縦穴を這《は》って降りられるかどうか、見てみたんだがね。あの穴の底には水が流れてる。だから、飛びこんでもだいじょうぶ。だけど、水がどのくらい深くって、どこへ流れてるのかはわからない。それがわかるまで、水の中で、おいらたちが生き延びられるかどうか。しかし、イチかバチか、やってみるのも悪くはないね」

「底なしの穴に飛びこむ前に」ラス・ボンバスは言った。「我輩はむしろ、もうひとつの可能性を探ってみたい。カバルスに、われわれがやつのたくらみに協力していると思わせておく。そして、いったん国王の前に出たら、すべてをぶちまけて、国王の慈悲《じひ》にすがるんだ。カバルスに脅《おど》されて、無理やりやらされたのだと、国王に話すんだ」

「アウグスティンがそれを信じるかな?」テオが言った。「ぼくらの言葉以外に証拠《しょうこ》はないんですよ」

ラス・ボンバスは悲しそうにうなずいた。「そうかもしれない。われわれが国王を説得できるとは思えない。そうなったら、一巻の終わりさ。すべてを失い、しかも、得るものは何ひとつない。現時点で、われわれにとって唯一《ゆいいつ》の問題は、どちらの方法で死ぬか、だ。水に濡《ぬ》れて死ぬか、濡れずに死ぬか」

24

遠い声

もう何年も前のことのようだ。フライボルグで、ジャスティンは、もしフロリアンにたのまれたら自分の命を捨てるのだって惜《お》しくない、と言っていた。それを聞いたとき、テオは、何と英《えい》雄的《ゆうてき》ですばらしい発想だろうと思ったものだった。それにひきかえ、いまのぼくの状態は……。

むしょうに腹が立った。カバルスの利益のために死ぬとは——。まるで自分が汚物《おぶつ》まみれになったような気分だった。いっそ、カバルスに飛びつき喉《のど》を締《し》めあげて、警備兵に殺される前に、少なくとも自分の怒《いか》りをいくぶんなりともぶつけてやろうか。いや、しかし、そんなことをしても、ミックルにとっても、マスケットやラス・ボンバスにとっても、何の助けにもなりはしない。そしてラス・ボンバスは、テオのとなりで、生命と財産の双方《そうほう》を同じ日に奪《うば》われるとは、自分は何と運が悪いのかと、嘆《なげ》きの渕《ふち》にしずんでいた。

「いいから、やってみようよ」と、マスケットは元気だった。「まず、両足を下げる。ひと息ついて、エイヤっと手を離《はな》すのさ」

「あんたは、いいさ」ラス・ボンバスは、上げ蓋《ぶた》を見に行って、言った。「我輩《わがはい》の体では無理だ。瓶《びん》に詰《つ》まったコルクみたいになっちまう」

ミックルは、両手で肩《かた》を抱《だ》きしめるようにして、部屋のすみにうずくまっていた。開いた縦穴をじっと見つめて、まるで目を離すことができないかのようだった。

「そこは、だめ」彼女はささやいた。かぼそい、おびえた子どものような声だった。

テオは近寄って、彼女のとなりに膝《ひざ》をついた。伯爵《はくしゃく》を振《ふ》り返って、「彼女、これでは、何もできやしない。歩くことだってできるかどうか」

ラス・ボンバスは、重苦しい顔でうなずいた。「どうも、そのようだな。かわいそうに。もしカバルスに立ち向かえる人間がいるとしたら、それはこの子だろうと思ったんだが。ともかく、ここに足を踏《ふ》み入れたときから、ひどくおびえて、いつもの彼女じゃなくなっている」一瞬《いっしゅん》、明るい表情を浮《う》かべて、「ま、かえってよかったのかもしれない。もし彼女が病気だったら、どうなる？　体調不良により、交霊術《こうれいじゅつ》はとりやめってことになる」

「そうはいかないよ」マスケットが言った。「あの悪党野郎《やろう》は、そんな言い訳でごまかされるような人間じゃない。ミックルだって永遠に病気でいるわけにはいかない。やつは治るまで待つさ。やつにとって、ミックルはかけがえのない存在なんだ。ほかの三人は、どうでもいいけれどね。ともかく、運を試すのなら、いまだ。いまを逃《のが》したら、チャンスは二度とない」

一瞬《いっしゅん》、間《ま》をおいて、テオが言った。「ひとつ、ぼくらにできることがある」それから、考えがはっきりまとまったかのように、急いで言葉を継《つ》いだ。「カバルスに協力するんだ」

「何だって?」ラス・ボンバスがさけんだ。「あんなに反対してたのに?」

「最後まで聞いてください」テオは言った。「もし王が、彼女を自分の娘《むすめ》と信じないなら、ぼくたちは最初から失敗です。しかし――ミックルがもし、ほんとうに彼にそう信じさせたら、アウグスタ王女だと思わせたら、どうでしょう。かなりむずかしいことではある。でも、彼女ならそれができるかもしれない。もし国王が耳をかたむけ、彼女の言葉を信じるなら、ぼくらにとってチャンスが生まれるかもしれない」

「わからんな」伯爵《はくしゃく》は言った。「それが、どうしてわれわれの助けになるんだね?」

「カバルスが求めているのは、彼女が王に、退位するよう告げることです。もし彼女が逆のことをしたらどうなるか?」

「え、逆のこととは?」

「王に告げるのです、王座を守ってください、どんなに宰相《さいしょう》から要請《ようせい》されてもぜったいに退位しないでください、と。カバルスに用心なさい、彼を解任なさるべきです、と」

「カバルスは当然、われわれのことをペテン師だと言ってわめきたてるだろうね」

「わめかせればいい」テオは言った。「それでも、彼はいちおうの申し開きをしなければなりません」

「結局、同じことになるな」ラス・ボンバスは言った。「国王はわれわれを信じるかもしれないし、あるいは信じないかもしれない。どのみち、我輩《わがはい》がいちばん気にしている問題、つまり、そのあとわれわれがどうなるのだ、という問題は解決されないままなのだ。カバルスの権力は絶大だ、決して侮《あなど》ってはならない。しかも、ミックルのいまの状態——。しかし、そうだね、いろいろ考え合わせてみると、それでも、あの底なし穴に飛びこむよりは、ましかもしれないな」

「きみ、やってみるかい？」テオはミックルに聞いた。ミックルの顔には、テオがこれまで見たこともない恐怖《きょうふ》の色が浮《う》かんでいた。しばらくして、彼女はようやくうなずいた。テオがほほえみかけ、手をとろうとした。が、ミックルはすっと体を引き離《はな》した。

カバルスかと思ったら、代わりにパンクラッツがやってきて、ラス・ボンバスに、別室で準備を始めるように、と言った。テオは、ミックルを一人にしたくなかった。ラス・ボンバスは、我輩とマスケットでやるから、きみは彼女についていなさい、と言って出ていった。

ミックルはまだ、身じろぎもせずにうずくまっていた。一度、まるで目覚めながら悪夢を見たかのように声をあげて泣いたが、あとはずっと黙《だま》りこくっていた。ミックルは、自分がやらなければならないことを、わずかでも理解しているのだろうか、記憶《きおく》しているだろうか。テオは心配になってきた。自分の計画は無理なのじゃないだろうかと思いはじめたとき、ドアが開けられて、ラス・ボンバスがせかせかと入ってきた。

伯爵《はくしゃく》は、ミックルに手を貸して、白いローブを着せながら、テオにささやいた。「マスケットが待っている。準備万端《ばんたん》ととのった。垂れ幕も照明も――すばらしい。いままでのなかで最高の舞台《ぶたい》装置だ。これはうまくいく。ミックルはわれわれ全員を救ってくれるぞ」

部屋を出た三人は、警備兵に付き添《そ》われて、地上に出、中庭を横切り、新しい建物に入った。ここがニュー・ジュリアナ宮殿《きゅうでん》なんだ、とラス・ボンバスがテオに教えてくれた。奥《おく》まった、広い謁見《えっけん》室でカバルスが待っていた。

「陛下は原則として、居室から離《はな》れられることはない」カバルスは言った。「しかし、今回ばかりは、居室から出ることに同意なさった。わたしが陛下に、きわめて重要な催《もよお》しであると申しあげたからだ。カロリーヌ王妃《おうひ》も臨席なさる。宮廷《きゅうてい》の高官たち、大臣たちも列席する。王女が国王陛下に述べる言葉を、全員が直接、自分の耳で聞くことが肝要《かんよう》なのだからな」

ラス・ボンバスは、テオとミックルを部屋の片すみに連れていった。そこにはカーテンが下がっていて、それをくぐると、低い壇《だん》が置かれている。

ラス・ボンバスは、うきうきしたようすで言った。「フェルデンのときよりもすごい装置なんだ。カバルスは何でも即座《そくざ》に用意してくれた。豪勢《ごうせい》な三脚台《さんきゃくだい》や火鉢《ひばち》なんかも、いくつも出してきてくれてね。そいつをうまく使って、幻想的《げんそうてき》な煙《けむり》をたなびかすことができる。これは効果的だぞ。花火だの狼煙《のろし》だのを打ちあげることだってできないわけじゃないが、そいつはちょっと派手すぎるからね」

ラス・ボンバスは、ミックルを背の高い椅子《いす》のところにみちびき、彼女はそれに腰《こし》を下ろしたが、首をがっくりと落としたままだった。カーテンの向こうでざわめきが聞こえ、宮廷の役人たちが集まってきているのだろうとテオは思った。カーテンの向こうへと出ていった。しかし、ミックルの呼吸が浅くなっていた。テオが話しかけても、答えようとしない。彼の言葉が聞こえているのかどうかも、わからなかった。

ラス・ボンバスは、カーテンの陰《かげ》から顔をのぞかせて、「国王と王妃が見えている。カバルスが、始めてくれと合図している」

「だめです。いまは無理です。ミックルの具合が悪くなっている。あとにしてほしいとカバルスに言ってください。ともかく、何でもいいから、彼に言ってください」

「もう間に合わんよ」伯爵はうめいた。マスケットは三脚台に次々に火をつけ、煙が、ゆらめきながら立ちのぼっていた。そのとき、ミックルが顔を上げた。自分を励《はげ》まして、体力の限界に挑《いど》もうとしているかのようだった。

テオは、コードを引いてカーテンを開けた。広間では、ろうそくがすべて吹《ふ》き消されていて、見えるのは黒い影《かげ》の集まりだけだった。部屋の向こう側の台座の上に、二つ、おぼろげな人影《ひとかげ》が腰掛《こしか》けている。そのかたわらに、ひときわ黒々とうずくまっているのは、カバルスの影だろう。

ミックルの左右にランタンが置かれ、両側から、彼女の顔を照らしていた。役人たちは、彼女をひと目見ると、いっせいに息を呑《の》んだ。ミックルは目を伏《ふ》せていた。青白い、仮面のような顔。

くちびるはわずかに開いていたが、少しも動かなかった。やがて話しはじめた。どこか遠く離《はな》れたところから聞こえてくるような声だった。

「助けて。お願いだから助けて。わたし、落ちてしまう」

その言葉にこめられた恐怖《きょうふ》と懇願《こんがん》は、真に迫《せま》っていた。テオは思わず、前に進み出た。

「お願い」ミックルはつづけた。「手を貸して」

「彼女、何をしてるんだ?」ラス・ボンバスは、目を白黒させてテオにささやいた。「あんなふうにやることにはなってない。全部ぶち壊《こわ》しにしている。もしわれわれにチャンスがあったとしても、もう、消えた!」

ミックルは椅子《いす》から立ちあがっていた。「急いで。わたし、もう、つかまっていられない」

胸をえぐるような悲嘆《ひたん》のさけびが部屋じゅうにひびいた。国王の声ではない、カロリーヌ王妃《おうひ》の声だった。

「あの子だわ!　あの子が呼んでいるんだわ!」

25
鐘楼《しょうろう》上の格闘《かくとう》

頭がくらくらした。いったい、どういうことなのだ。テオは、ひたすら、ミックルが自分の役割をうまく演じてくれることを願っていた。それなのに、彼女は、一度も聞いたことのない声、とっくのむかしに死んだ王女の声を真似しているようだ。何がなんだかわからなかった。

ミックルの声音《こわね》が変わり、野太い、別の声になった。残忍《ざんにん》な、人をあざけるような口調でしゃべった。

「王女さま。とんでもないことになりましたな。飛んで火に入る夏の虫、とでも言いますか。自分に関係ないところにむやみと鼻を突《つ》っこむから、こういう目にあうんです」

ふたたび子どもの声になり、「かくれんぼをしていただけよ。ただの遊びだわ。お願い、もう力がぬけてしまう」

ミックルは、広間の真ん中に向かって、夢遊病者のように歩きはじめていた。テオとラス・ボンバスは、ただもうびっくりして、彼女を引き止めるどころではなかった。ミックルはふたたび話しはじめた。

「王女さま。いつもと違《ちが》うじゃありませんか。あなたはわたしを決して好いてはいなかった。でも、自分の命がわたしの手ににぎられたとなると、たちまち態度を変えるわけだ。助けてくれ、とおっしゃるのだね？　さあて、どうしようかなあ」

大臣や役人たちは愕然《がくぜん》とした。彼らは、その同じ瞬間《しゅんかん》にテオが気づいたのと同じことに気づいたのだ。ミックルは、ある男の声色《こわいろ》でしゃべっている。声音《こわね》といい抑揚《よくよう》といい、間違《まちが》えようがなかった。カバルスの声だった。

ミックルがさらに言葉をつづける前に、宰相《さいしょう》がさけびだした。「何だ何だ、このでたらめは？　陛下、この連中はできもしないことを約束して、わたしをだましました。連中はペテン師です――」

「静かにしてくれ！」アウグスティンがさけんだ。「娘《むすめ》の霊《れい》がやっとわたしに語りかけている。彼女はわたしに、彼女がほんとうはどのようにして死にいたったかを告げているのだ！」

ミックルのくちびるから、乾《かわ》いた笑い声があがった。「ねえ王女さま。あなたより前に、それはそれは大勢の人たちが、この縦穴を通って最後の旅に出たのだよ。彼らと同じ運命をたどるのは楽しいかな？」

恐怖《きょうふ》に打ちひしがれながらも、少女の声は命令の調子をおびていた。「わたしを引きあげて。

お父さまは、あなたがどんなふうにわたしを扱《あつか》ったかを知ることになるわ。あなたがそこに立ってわたしをあざけったこと、お父さまは聞きたくないでしょうね。何人かの大臣は、お父さまに、あなたを辞《や》めさせるように言っている。わたし、あの人たちがそのことを話しているのを聞きました。お父さまは心を決めていなかった。でも、今度は決めるでしょうね。あなたがわたしを助けようとしなかったことを知ったならば」

「陛下がそれを知るのは、あんたが生きていて、告げ口したときだけさ」

ミックルの目は大きく見開かれ、上を見つめた。彼女はさけんだ。「手がすべってしまう！　カバルス、やめて！　指が痛いわ！」

だれかが、明かりをつけろとさけんでいた。テオはカーテンの陰《かげ》から飛び出した。ミックルは悲鳴をあげ、床《ゆか》に倒《たお》れた。アウグスティン王は立ちあがっていた。

「わたしの娘は事故で死んだのではなかったのだ！　おまえがやったのだ、カバルス！　おまえがその場に行ったときにはもう間に合わず、命を救えなかったと、おまえはわたしにそう言ったが、真っ赤な嘘《うそ》だ！　おまえは、あそこで、オールド・ジュリアナで、彼女と言葉をかわしていたのだ。わざと助けずに、落ちて死ぬのを見ていたのだ。彼女の霊魂《れいこん》が告発しているじゃないか！」

カロリーヌ王妃《おうひ》はミックルに駆《か》け寄っていた。意識をなくしている娘のかたわらに身を投げて、

「霊魂ではないわ！　これはわたしの娘よ！」

「人殺しめ！」とさけんで、アウグスティンはカバルスに向かって一歩踏《ふ》み出し、「人殺しめ！さあ、この男を捕《と》らえるのだ！」

カバルスはさっと飛びすさった。警護兵たちは役人たちと同様、呆気《あっけ》にとられていた。カバルスは、人々のあいだを縫《ぬ》うようにして駆《か》けぬけ、部屋の外に飛び出した。テオは、ミックルと王《おう》妃《ひ》を残して、カバルスのあとを追った。カバルスは廊下《ろうか》を走りぬけ、中庭に出た。

そこで足を止め、どちらに向かうべきか迷うようだった。アーケードのひとつから、兵士の隊列がやってきた。そちらには逃《に》げられないと見て、カバルスはオールド・ジュリアナ宮殿《きゅうでん》の門を駆けぬけた。それから不意に立ち止まり、振《ふ》り向くと、追いすがるテオを殴《なぐ》りつけた。テオはがくりと片膝《ひざ》をつき、男のローブをつかんだ。

カバルスはふたたび駆け出し、ローブは破れた。謁見《えっけん》室からの警備兵たちが中庭に入りこんでいた。宮殿全体に緊急《きんきゅう》事態が伝えられた。テオはカバルスに飛びかかった。カバルスはテオを振り切り、石の階段を駆けのぼった。

テオはつまずきながら追いかけた。のぼるにつれて階段は狭《せま》くなり、曲がりくねっていく。のぼりきったところは、古い城砦《じょうさい》の鐘楼《しょうろう》だった。巨大《きょだい》な釣鐘《つりがね》がいくつも下がっていて、それを、低い手すりのついた四角いバルコニーがかこんでいる。風の吹《ふ》き通る石のアーチからちらりと見やると、はるか下方に中庭が広がり、めまいを感じた。

カバルスは立ち止まり、くるりと向き直った。怒《いか》ったけだもののうなり声が聞こえた。それが自分の喉《のど》から出ていることに気づいて、テオはぞっとした。

彼は宰相《さいしょう》に飛びかかった。カバルスは身を離《はな》そうとして暴れ、両手でテオの首を締《し》めあげた。テオは後ろによろめいた。喉《のど》もとをつかまれたまま手すりにぶつかり、それを半分乗り越《こ》えた。何かを求めて手を伸《の》ばしたが、虚空《こくう》をつかんだだけだった。転落したと思った。その瞬間《しゅんかん》、片手が鐘《かね》のロープをつかまえていた。

カバルスは、テオもろとも手すりを越え、そのとたん、テオの首を締めつけていた手がゆるんだ。ギャーッと悲鳴をあげ、このまま塔《とう》の底に落っこちたかと見えたが、一瞬《いっしゅん》早く、テオの片手がカバルスの片腕《うで》をとらえ、全身の力をこめて、つかみつづけていた。

すごい衝撃《しょうげき》だった。テオ自身の腕が関節からはずれそうだった。カバルスの体重がテオをぐいぐい引っぱる。二人とも落っこちて死んでしまうんじゃないか。こいつと心中《しんじゅう》するなんて、まっぴらごめんだ。この重荷を片づけるには手を開きさえすればよい……。

カバルスは彼を見上げていた。憎悪《ぞうお》の煮《に》えたぎった目だった。テオ自身も、怒りで息が詰《つ》まりそうだった。こんな男、このまま落としてしまえ。一瞬、それだけがテオの願いだった。しかし、次の瞬間、彼は、半ばすすり泣きながら、両足をロープにからめ、カバルスの腕を一段と強くつかんだ。

警備兵たちが石段を駆けのぼって鐘楼に殺到《さっとう》してきた。先頭に立っているのはマスケットだった。小男は口をぱくぱくさせて何かしきりにさけんでいるのだが、テオにはまったく聞き取れない。頭の上で、鐘《かね》が命を吹《ふ》き返していた。さっきつかんだロープのせいだ。その鐘の音が、かたわらに並ぶほかの鐘に共鳴し、大音響《だいおんきょう》になった。ガランガランという音が、耳をつんざくように鳴りひびいた。

テオは後ろからかかえられ、手すりを越《こ》えて引きもどされた。カバルスもいっしょだった。テオの手はカバルスの腕《うで》をつかんだまま硬直《こうちょく》していたのだ。だれかが、指を一本一本、引きはがしてくれた。

やがて目の前に、ラス・ボンバスの顔があらわれた。テオは、耳も聞こえず、頭もぼーっとして、ぼんやりと、どうしてミックルは来ないのかな、と思った。それから、思い出した。そんな人間はいないのだ。そういう名前を名乗っていた娘《むすめ》がいただけなのだ。

26 よみがえる記憶《きおく》

「みんな口をそろえて、わたしはアウグスタ王女なのだと、それぱっかり」ミックルは言った。「そんなこと、もうわかっているのに。ただ、わたしが決められないでいるのは、自分が、浮浪《ふろう》児《じ》だった王女なのか、それとも王女だった浮浪児なのか、ということなの」

ここは、宮殿《きゅうでん》内の彼女の居室。ミックルは、ベッドの上にクッションを積み重ね、その真ん中に足を組んですわっている。両肩《かた》をくねくねと動かして、まるで、シルクのガウンがかゆくてたまらないかのようだ。テオに向かってにっこり笑うと、テオもほほえみ返し、彼女が話をつづけるのを待った。

二人が会うのは三日ぶりだった。その間《かん》、彼は彼女に会わせてもらえなかったのだ。なにしろ、医師、小間使い、看護師、といった人たちがミックルに付きっ切りだった。王と王妃《おうひ》も、かたときも娘《むすめ》のそばを離《はな》れたくなさそうだった。今日になってようやく、ミックルは、自分は完全に健康だと宣言し、テオとラス・ボンバスとマスケットに会わせてほしいと要求したのだった。

カロリーヌ王妃《おうひ》が、開き窓のそばの椅子《いす》に腰掛《こしか》けて、不安そうなまなざしをミックルに注いでいる。娘《むすめ》は明らかに健康と元気を取りもどしているのだが、母親はまだ心配なのだ。

「わたし、何から何まで思い出したの」ミックルは言った。「それが不思議なのよね。あんなに長い年月、何もかもすっかり忘れていたのに、どうして、急に記憶《きおく》がよみがえったのかしら」

「きみは忘れていなかったんだよ」テオは言った。「記憶は、きみの心のどこかに隠《かく》れていたんだ。きみの見た悪夢の中にひそんでいたんだ」

「あの悪夢はもう消えたわ」ミックルは言った。「もう、眠《ねむ》りの中に出てこないの。そうね、わたしは、カバルスがわたしにしたことを、夢の中で思い出していたのね。でも、そういうことなのだと悟《さと》る方法は何もなかった。あの上げ蓋《ぶた》をふたたび見て、それがきっかけで、記憶がよみがえってきたのね」

「きみは、あの出来事をふたたび体験したんだ」テオは言った。「それは悪夢よりひどいことだった。なぜって、悪夢なら目覚めることもできるのに、あれは目覚めることなどできないのだから」

「ともかく、見ものとしてもすばらしかった」ラス・ボンバスが口をはさんだ。「我輩《わがはい》はあのとき、あんたがアウグスタ王女のふりをするみごとさに舌を巻いたよ」

「でも、彼女はふりをしていたんじゃなかった」テオは言った。「ぼくたちに、どのようにしてカバルスが自分を殺そうとしたかを告げていたのだ」

「あれは、わたしがいけなかったのだと思う」ミックルは言った。「あのころ、わたしは、やってはいけないことばかりしていたの。鐘楼《しょうろう》にのぼったことだってある。あの日、わたしは上げ蓋の下に何があるかを見たかった。かくれんぼするのによさそうな場所だと思ったの。まさかそんなところに隠れているとはだれも思わないだろうって。でも、いったん入りこんだら、体を持ちあげることができなかった。そのときカバルスが入ってきて、わたしを見たの。彼は、穴の縁《ふち》につかまっているわたしの両手を蹴《け》って蹴って、わたしを落としたの。暗い穴を落ちて行き、着いたのは水の中だった。それから地下の川を流されて――」

カロリーヌ王妃が近寄り、娘の髪《かみ》をなでた。「もう思い出すのはやめて。死んだとばかり思っていたあなたが、生きていて、また、いっしょになれたのだもの。もう、むかしのことは忘れましょう」

「でも、それから先は、そんなに悪くなかったのよ」ミックルは答えた。「わたしは運がよかったのね。湿地帯《しっちたい》に流れ着いたの。フィンガーズって呼ばれている場所ね。わたしを引っぱりあげてくれたあの老人は、ほんとにわたしの命の恩人なの。いまでは、彼にお礼を言う方法はないけれど。わたしは、彼のことを自分のお祖父《じい》さんと思いこんで大きくなった。それ以前の記憶をすっかり失っていたのね。だから、自分が何者かってことを彼に話すことができなかった。自分が知らなかったのだもの。まるでわたしは、生まれたときからそこにいたみたいだった。かわいそうな人だったわ。いずれにしても、彼、わたしの言葉を聞くことも、わたしに話すこともできなかったの。彼はわたしに指を使った〈だんまり言葉〉を教えてくれたのだけれど、そのあとでさえ、決して、わたしを川で見つけたってことを話さなかった。きっと、わたしにずっとそばにいてほしかったのね。だから、わたしはずっとそばにいた。そして彼が亡《な》くなると、町に出たの。そうそう、お母さまにお願いしたいことがある」カロリーヌ王妃《おうひ》に向かって、付け加えた。「あの少女教護院、あそこ、何とかする必要があるわ。そもそも、あそこで出すオートミールからして、喉《のど》を通るようなしろものじゃないの」

「あなたが自分で手を打つことね」王妃は言った。「そういうことをするのが王族としてのあなたの義務なのよ」

「王族としての義務か」ミックルは顔をしかめた。「あまり考えたくないな」

「だいじょうぶよ。あなたなら、どんな義務でもちゃんとやってのけられるわ」王妃は言った。「ところで、このまえ謁見室《えっけん》で、わたしたち、あなたがもう目覚めないんじゃないかと心配だった。あなたは気を失ったまま、いくらわたしがさけんだって意識を取りもどさないんですもの。でも、鐘《かね》が鳴りはじめたとたんに気がついた」

「そう、あの鐘の音！　わたしはあの音が大好きだったの！　そうね、カバルスはわたしを殺そうとした。そのカバルスがわたしの意識を回復させる人間でもあった。世の中、うまく出来ているのね」

「じっさいには、ここにいる若者のおかげだよ」ラス・ボンバスが口をはさんだ。「彼が鐘のロープにつかまったからだ。その彼にカバルスがぶらさがり、それで鐘が鳴りはじめたわけだ」

「もうちょいと遅《おそ》かったら、二人そろって、鐘楼《しょうろう》の下でお陀仏《だぶつ》だったんだ」マスケットが言った。小男は、彼独自の方法で、新しい帽子《ぼうし》を手に入れていたが、そいつをテオに向けてくるくる振《ふ》りまわし、「おいら、あんたに言いつづけていたんだぞ、あいつを落っことしてしまえって。だけど、あんたは聞かなかった。ま、『バカ者』と呼ばれてもしかたのないやりくちだったね」

「ぼくは以前、だれも憎《にく》んだことはなかった」テオは言った。「でも、カバルスのことは憎んだ。そのぼくが、なぜ、彼の命を救う人間になってしまったんだろう?」

「そうだとしても、彼の命はそう長くない」

アウグスティン王が言った。彼はさっき静かに入ってきて、黙《だま》って会話を聞いていたのだ。足の運びはまだ病人らしくおぼつかなかったが、顔色はいくぶんよくなっていた。体重は減ったものの、別の重みがそなわってきたようだった。

「彼を宰相《さいしょう》に昇進《しょうしん》させたことは、完全にわたしの責任だ。アウグスタ王女が話したように、わたしは、王室庁長官の彼を解任することを考えていた。娘《むすめ》が死んだと思って以来、わたしは自分を失った。しかし、だからと言って、言い訳しようとか自分を許そうとかは思っていない。正しうることはすべて正すつもりだ。カバルスがわたしの名において行なったことは、決して許されるものではない」

王はつづけた。「彼はカロリア牢獄《ろうごく》で処刑《しょけい》を待っている。不当不法に多数の人々を死にいたらしめた彼が、正当な手続きによって死にいたらしめられる。それが彼の支払《しはら》うべき唯一《ゆいいつ》の代償《だいしょう》だ。あまりにも少ない代償ではあるがね」

「陛下、お願いがあります」テオは言った。「わたしが彼の命を救ったのは、その命をすぐ失わせるためではありません。わたしは、自分の良心にかけて、だれの死をも求めません。たとえ彼の死であろうと、です」

「きみは彼のために命乞《いのちご》いをするのか？」アウグスティンがさけんだ。「彼は悪党だぞ！」

「悪党だって人間です。生きる権利はあるのです。彼を国外追放になさってください――」ふと口をつぐみ、「いや、わたしにはそんなことをお願いする資格はありませんでした。彼によってもっともひどい目にあったのはミックル――アウグスタ王女――です。彼女の意見をお聞きになってください」

「そうね」ミックルは言った。「わたしは、友人のハンノが首をくくられるところも見たわ。もう、ああいうことは、たくさん。そう、カバルスは追放すればいい。彼は大好きな権力を失った。そのことのほうが、彼にとっては絞首刑《こうしゅけい》にされるよりつらいことなんだわ」

「きみたちの願いどおりにしよう」アウグスティン王は言った。「だれが自分を絞首台から救ってくれたか彼が知れば、感謝することだろう。彼が感謝の念などというものを持ち合わせていれば、の話だが」

「彼の感謝などほしくありません」テオは言った。「陛下、わたしがいまお願いしたことなど、彼にお伝えになりませんよう」

「わかった」アウグスティンは言った。「パンクラッツ秘書官も主人といっしょに追放ということになるな」

「無人島に流すというのはどうでしょう」ラス・ボンバスは言った。「二人して代わり番こに支配者となる。やつらにはぴったりです。しかし陛下、いろいろお願いの件が出ましたがゆえに、我輩《わがはい》、ふと、思い出したのでありますが、カバルスが、つまり、先の宰相《さいしょう》が、われわれにたいする報酬《ほうしゅう》について何事か述べていたのでございます」

「あなた、金《かね》をよこせと言ってるんですか？」テオはラス・ボンバスに食ってかかった。「じっさいには何もやらなかったじゃないですか。それなのに、報酬を求めるなんて。恥《は》ずかしくないんですか！」

「恥ずかしいさ」伯爵《はくしゃく》は答えた。「だけどね、一文無《いちもんな》しであるってことは、もっと恥ずかしいことなんだよ」

「あの日、報酬は用意されていた」アウグスティン王は言った。「きみはそれを受け取る権利がある。請求《せいきゅう》すれば支払《しはら》われることになっている。ともあれ、王女は疲《つか》れてきている。きみたちは下がってよろしい」

国王に下がってよろしいと言われることは、下がれと命令されることだ。テオは、自分の思いに反して、部屋からみちびき出されるしかなかった。もっともっとミックルと、あるいはアウグスタ王女と、話がしたかったのに。それにしても、いったい彼女という一人の人間の中の、どれだけの部分がミックルで、どれだけの部分がアウグスタ王女なのだろうか。テオは、推測するのも怖《こわ》かった。

「信じられませんよ、あなたが報酬《ほうしゅう》を受け取るなんて」自分たちの部屋に帰ったとき、テオは伯爵に言った。「あなたは、ぼくが思っていた以上のならず者なんですね」

「若者くん。あんたは我輩《わがはい》に何を期待しているのかね?」ラス・ボンバスは言い返した。「わたしはただの生身《なまみ》の人間だよ——世間一般《いっぱん》の連中よりもよけいにそうだ」

テオはアハハと笑って、首を振《ふ》った。「それはわかっていますよ。それに、ぼくは、あなたを咎《とが》めだてできる人間じゃありません。ぼくは良い人間になろうと努力したつもりだけれど、じっさいにはそんなに良い人間ではない。自分はりっぱな人間だと思ったり、あるいは、りっぱな人間になろうと思ったりしたけれど、じっさいには、りっぱな人間ではない。りっぱな、良い人間なんてほんとうにいるのだろうか、と思うときもあります。フロリアンだってどうかは、わからない。ごくささやかな善でも、それを行なうことができさえすれば、人間は、喜ぶべきなのかもしれませんね」

ラス・ボンバスは肩《かた》をすくめた。「ふーん。我輩はそんなことをくよくよ考えたことは一度もないね」

ラス・ボンバスは、結局、テオの非難などどこ吹《ふ》く風とばかり、高額の報酬を受け取った。大いに満足して、あんたもいっしょに行こうよとテオを誘《さそ》ったものの、これは断わられ、マスケットとともに、心は軽く財布《さいふ》は重く、旅立って行った。

テオは、一人になって、やることもなく、宮殿《きゅうでん》内のあたえられた部屋の中をただただ歩きまわって時を過ごしたが、そんなとき、自分でもおどろいたことに、〈ウルトラ・ヘッド〉や〈口寄せ姫《ひめ》〉をやって歩いた日々、つまり、ミックルがまだミックルであった日々を、胸のうずくような懐《なつ》かしさとともに思い出している自分に気づくのだった。

その次の週、テオは一度もミックルに会わなかった。王女は、生還《せいかん》を祝ってあいさつに来る名士たちに取りかこまれていたのだ。テオを元気づける唯一《ゆいいつ》の出来事は、トレンス博士の到着《とうちゃく》だった。

カバルス失脚《しっきゃく》のニュースは王国じゅうに広まっていた。その話を聞くやいなや、王室医務官はマリアンシュタットに向けて出発したのだった。トレンスは王と王妃《おうひ》に奇妙《きみょう》な贈《おく》り物を持ってきた。

「わたしは、たまたま、若い姉弟《きょうだい》二人に、王女が住んでおられたところに連れていかれたのです。まさに、王女が老人とともに暮らしたその小屋です。最初、そんなことは知りませんでした。しかし、あとになって、これを見つけたのです」

トレンスはカロリーヌ王妃《おうひ》に、よごれたリネンの切れはしを手わたした。彼が吊《つ》り包帯として身につけていたものだ。子どもの衣類のようだが、王室の紋章《もんしょう》が刺繍《ししゅう》されていた。薄《うす》れて裂《さ》けていたけれど、目をこらせばはっきり見てとれた。

「わたしは、王女が亡《な》くなっている証拠《しょうこ》と思ったのですが、そうではなくて、これは王女がまだ生きておられることのしるしだったのですね」

アウグスティン王は、当人の抗議《こうぎ》を押《お》しきって、トレンスを宰相《さいしょう》に任命した。そしてトレンスに、カバルスが不当な判決を下していた全員について、特赦《とくしゃ》を宣言するよう命令した。もちろん、ニールキーピングの守備隊を攻撃《こうげき》した者たちも釈放《しゃくほう》されることになった。トレンスは、国王にフロリアンのことを話した。この措置《そち》がフロリアンを満足させるかどうか、どうもうたがわしいですな、と彼は言った。

「彼とわたしは、長い時間、語り合いました。意見は一致《いっち》しませんでしたし、もともと一致できるとは思っていませんでした。一人の人間として、わたしは彼を尊敬します。実にすぐれた人物です。一国の宰相として、わたしは彼のことが気がかりです。彼は警戒《けいかい》すべき人物なのですから。彼は、フライボルグの友人たちのところにもどっていません。現在、どこにいるか、わからないのです。ともあれ、彼は、君主制についての持論を変えていません。いずれ、何かが起きて、ふたたび、フロリアンの名前が取り沙汰《ざた》されることになるでしょう」

そのあとで、トレンスはテオを呼んで話した。

「王と王妃は、きみの将来のことを気にしておられる。わたしも気にしている。いろいろ話し合わなければならないことがある。きみにとっても、この国にとっても重要なことだ」

「アウグスタ王女にとっても重要なことですか？」

「もちろんそうだ。これについては別に時間をとって話そう。ところで、フロリアンから、きみにわたしてくれとたのまれたものがあるんだ。彼は、きみが――よりによってきみが、と言ってもいいが――カバルスを打倒《だとう》したということに、ひどく興味を持っている。少しうらやましがっているのかもしれない。彼は、それは自分がやることだと確信していたのだからね。もちろん、彼がやった場合はもっと別の形をとっただろう。ともあれ、事実は変わらない。カバルスは去ったのだ」

「ぼくはバカだったのでしょうか？」テオはたずねた。「カバルスを落っことすべきだったのでしょうか？　ぼくは、ぼくの良心にかけて、彼を殺したくはなかった。しかしぼくは、やはり、ぼくの良心にかけて、彼にのうのうと生きていてほしくないんです」

「同じ状況《じょうきょう》に立たされたとして、自分がどう行動したか、わたしにはわからない」トレンスは答えた。「人間、自分のことはつい善人だと思いがちだが、せっぱ詰《つ》まった事態が来てみないと、ほんとうのことはわからないものだよ」

トレンスはテオに、一枚のたたんだ紙切れを手わたした。

「フロリアンからだ。きみは農場で彼にいくつかの事柄《ことがら》を話したそうだが、そのことを思い出すように、と、彼は言っている。きみは彼に、考えるべき課題をたくさんあたえたようだね」

部屋にもどり、走り書きのメモを見て、テオはほほえんだ。

わが仲間よ。

よくやった。たぶんきみは、正しい方法でやったのだ。

それは署名されてはいなかった。

27 発見の旅へ

トレンスは、ミックルがやりたくてもできなかったことを、あっさりやってのけた。医師であって宰相《さいしょう》でもある彼は、延々とつづいていた役人や名士たちによる王女へのお祝い言上《ごんじょう》のための訪問を、やめさせたのだ。いつまでも部屋にこもって年長者たちに会っているのはよくない、新鮮《しんせん》な空気に触《ふ》れたほうがよい。――そういう診断《しんだん》をくだした。

テオは、彼女と連れ立って宮殿《きゅうでん》内の庭園を歩くことを許された。もっとも、王女つきの女官たちを締《し》め出すわけにはいかない。かなり離《はな》れてついてきてもらうことにした。何というエチケット違反《いはん》でしょう、と小声でささやきあいながら、女官たちは、しゃなりしゃなりとやってくる。テオとミックルは、しばらく黙《だま》っていた。いっしょにいるだけで満足だったのだ。

「こういう生活と、フライボルグでのぼくの暮らしとのあいだには、とほうもない開きがある」

テオは、ようやく口を開いた。「イェリネックの居酒屋、ワイン商人の穴倉、ストックやらほかの連中。すべてが懐《なつ》かしいな。ストローマーケット街のぼくの屋根裏部屋でさえ懐かしい。でも、そんなところへ王女を連れていったら、ぼくはバカ者ってことになる。それが、いまではわかったよ」

「わたし、自分が王女だったとは知らなかった。だから、そんなこと問題じゃなかったわ」

「以前はそうかもしれない。でも、いま、きみは王女だ。だから、もう、ああいうところへ連れていくわけにはいかないんだ。これは、どうしようもないことだ」

「あら、わたしはまだミックルでしょう？　少なくとも、わたしの一部分は」

「王と王妃《おうひ》はそう考えていない。お二人は、きみに、過去を忘れてほしいと思っている。ぼくにはそんな気がするんだ」

「そりゃあないぜ！」ミックルは、とつぜん、町の行商人の声色《こわいろ》を使った。そして、テオのおどろいた顔を見てけらけら笑った。「両親は、あなたにいろいろ話しているんでしょう？　そう、わたしにも、いろいろ話してくれるのよ。二人の言いたいことは、結局、こういうこと。わたしは、いつの日にかウェストマークの女王になる。それを忘れるなってこと」

「たしかに、きみが女王になるのは、動かしようのないことだね」

「そうかしら。もしフロリアンの考えどおりになれば、わたしは女王にならないですむ。もしわたしが、わたしの思いどおりに動ければ、やはり、ならないですむ。どこかに、こんな窮屈《きゅうくつ》な職業につきたいと言う物好きな親戚《しんせき》がいたら、その人にさっさと譲《ゆず》ってしまいたいと思っているの。ともかくわたしは、両親に、王位なんてものを少しも気にしていないことを話してある。あなたとはぜったい別れないってことも言ってある。だから、もうそれで決まりなのよ」テオがすぐに答えないので、心配そうな顔になり、「そうでしょう？　それとも――両親はあなたに何を言ったの？」

「ただ、自分の道は自分で選びなさい、と言われただけさ」

女官たちのざわめきが、テオの言葉をさえぎった。振《ふ》り返ると、庭園の通路をせかせかやってくるラス・ボンバスの巨体《きょたい》が見えた。

テオは声をかけた。「あれ、もどってきたんですか？　もうずいぶん遠くまで行ったと思っていたのに。お金をしこたま持って、豪勢《ごうせい》な気分で」

「金なんて、あぶくみたいなものさ」ラス・ボンバスは言った。「だから、帰ってきたんだ」

「お金についての考えを変えたんですね！」テオはさけんだ。「あなたがそんなことを言うなんて想像もしなかった。おどろきだなあ！」

「たしかに、あんな大金を持つと、落ち着かなくなるね。我輩《わがはい》は、金を持っていることより、金を追い求めることのほうに慣れているらしい」

「それで、あなたはこの前の金を返す気になったわけだ」テオは、ラス・ボンバスの肩《かた》をたたいた。「何のかの言っても、あなたは良心的な人なんですね」

「そうさ。それが我輩の苦悩《くのう》の種だったんだ」伯爵《はくしゃく》はため息をついた。「我輩は、自分を許すことができないのだ」

「もちろん、許せますとも」テオは言った。「しかも、あなたはあの金を返したとたん、とても晴れやかな気分になるんです」

「あんた、勘違《かんちが》いしているね」ラス・ボンバスは言った。「我輩《わがはい》が自分を許すことができないのは――金を失ったことについてなんだ。だまし取られたんだよ」悲しげな面持《おもも》ちでつづけた。「完全にしてやられた。まるで、こちとらは生まれたばかりの赤ん坊《ぼう》だ。それが、許しがたいことなのだ。我輩は一人の紳士と出くわした。それが、紳士どころか、とんでもない悪党だった！その男、我輩に一通の手紙を見せた。トレビゾニアの牢獄《ろうごく》にぶちこまれているある貴族からの手紙だ。もし身代金《みのしろきん》を払《はら》って彼を牢獄から出してやれば、お礼として、彼が発見した、とてつもない値打ちのある宝物の埋蔵《まいぞう》場所を教えてくれるって言うんだ。宝物を掘《ほ》り出したら山分けだ、という話だった。ああ、これ以上くだくだ言って、恥《はじ》さらしをする必要はないな。金はなくなった。ああ、もう一度、あの悪党と出会いたいものだが！

そんなわけで、我輩は、あんたたちに、もう一度さよならを言いたくなって立ち寄ったのだ。ミックル――いや王女さまよ、そして若者くん、元気でな。マスケットが早く出かけたくてうずうずしているので、ゆっくり話すひまはない。しかし、あんたたち二人、これからのプランをつくるのにいそがしいんだろうね」

「ぼくには何のプランもありません」テオは言った。「しかし、トレンス博士が、ぼくのために考えてくれていることがあるんです。くわしいことは知りませんが。引き受けていいのかどうか。ミックルには――いや王女には、いずれ、自分で決めなければならないと話しているんですが。博士は、ぼくに、ウェストマークじゅうを旅して回れと言っているんです」

「そいつはおもしろそうだ。われわれがやったよりもすてきな道中になりそうだな」

「いや、まさに反対です。彼は、ぼくが、自分の目でこの国の現実のすがたを観察することを求めているんです。民衆が何を求めているか、それについて何がなされねばならないか、それをぼくが見つけ出せると、彼は考えている。でも、ぼくにそれができるかどうか。なにしろぼくは、フロリアンの意見が正しいのか、それとも君主制が正しいのか、それさえわからないんですから」

「我輩に言わせてもらえればだな、気を悪くしてもらってはこまるが、パイプをふかし、兵隊のように悪態をつき、かゆいところをボリボリ掻《か》く、そんな王女がいるってことは、王国全体にとって、一つの祝福かもしれないぞ。フロリアンだって賛成するかもしれない」

「どうだろう――」テオはミックルの腕《うで》を取った。「きみもいっしょに行かないか？　きみは、ぼくよりずっとこの国を知っている。ぼくは、つい最近までドルニングから出たことはなかったんだし」

ミックルは、うれしそうに目をかがやかせたが、結局、首を振《ふ》った。「わたしはここにいるわ。少なくとも当分は。父と母は、わたしのことで一度、それは悲しい思いをした。もう一度、そんな思いはさせたくないの。……このまえ、あなたが一人で出て行ってしまったとき、わたしはとてもつらかった。でも、今度はだいじょうぶ。事情が違《ちが》うもの。トレンス博士にたのまれたことをなさいよ。あなただって、ほんとはやりたいの。わたしにはそれがわかる。あなたの顔に、そう書いてあるもの」

「ぼくはきみと離《はな》れたくないんだ」

「離れるわけじゃないわ」ミックルは言った。「ちょっとのあいだ別々にいるだけじゃないの」

女官たちが近づいてきて、王女さまを屋内にお連れする時間です、と言った。ミックルは、彼女たちに向かって舌を突《つ》き出してみせたが、結局はテオとラス・ボンバスに口早に別れを告げ、引っぱられるようにしてニュー・ジュリアナへと歩いていった。とちゅうで一度、振《ふ》り向いた。

両手の指がすばやく動いて、テオに語りかけていた。

「求めるものを見つけなさいよ。わたしはだいじょうぶ。あなたを見つけるから」

(『ウェストマーク戦記② ケストレルの戦争』につづく)

ロイド・アリグザンダー Lloyd Alexander
1924〜2007年。アメリカのフィラデルフィア生まれ。高校卒業と同時に銀行のメッセンジャー・ボーイとなるが、1年ほどで辞め、地元の教員養成大学に入る。19歳で陸軍に入隊。第二次世界大戦に従軍し、除隊後、フランスのソルボンヌ大学で学ぶ。1955年、31歳のときに最初の単行本を出版。当初は大人向けの小説を書いていたが、児童ものを手がけるようになって作家としての評価が高まった。主な作品に、「プリデイン物語」全5巻（第5巻『タラン・新しき王者』でニューベリー賞）、『セバスチァンの大失敗』（全米図書賞）、『人間になりたがった猫』『怪物ガーゴンと、ぼく』（以上、評論社）などがある。

宮下嶺夫（みやした・みねお）
1934年、京都市生まれ。慶應義塾大学文学部卒業。主な訳書に、L・アリグザンダー『怪物ガーゴンと、ぼく』、R・ダール『マチルダは小さな大天才』『魔法のゆび』（以上、評論社）、H・ファースト『市民トム・ペイン』、N・フエンテス『ヘミングウェイ キューバの日々』（以上、晶文社）、R・マックネス『オラドゥール』（小学館）、J・G・ナイハルト『ブラック・エルクは語る』（めるくまーる）などがある。

ウェストマーク戦記① 王国の独裁者

2008年11月30日　初版発行　　2014年12月10日　2刷発行

●——著　者　ロイド・アリグザンダー
●——訳　者　宮下嶺夫
●——発行者　竹下晴信
●——発行所　株式会社評論社
〒162-0815 東京都新宿区筑土八幡町2-21
電話　営業 03-3260-9409／編集 03-3260-9403
URL　http://www.hyoronsha.co.jp
●——印刷所　凸版印刷株式会社
●——製本所　凸版印刷株式会社

ISBN978-4-566-02406-9　NDC933　266p.　188mm×128mm

ロイド・アリグザンダーの傑作ファンタジー&痛快冒険物語

〈プリデイン物語1〉
タランと角の王
神宮輝夫 訳

プリデイン国の片隅にあるカー・ダルベン。そこの豚飼育補佐の少年タランは、恐ろしい「角の王」との戦いに巻きこまれ、神秘と魔法に満ちた冒険が始まる。

268ページ

〈プリデイン物語2〉
タランと黒い魔法の釜
神宮輝夫 訳

死者を戦士として生きかえらせる恐ろしい「黒い魔法の釜」。タランと個性ゆたかな仲間たちの一行は、その釜を奪うため、死の国アヌーブンに潜入した——。

272ページ

〈プリデイン物語3〉
タランとリールの城
神宮輝夫 訳

勇敢で勝ち気なリール国の王女エイロヌイ。仲間と別れて帰国することになった彼女にタランも同行するが……。二人は数々の苦難を乗り越えて成長していく。

240ページ

〈プリデイン物語4〉
旅人タラン
神宮輝夫 訳

自分の出生の秘密を求めて旅に出るタラン。途中、さまざまな危険に出会うが、本当の敵は自分の真の姿だった——。こうしてタランは青年へと成長をとげる。

312ページ

〈プリデイン物語5〉
タラン・新しき王者
神宮輝夫 訳

タランとその一党は、プリデイン国の存亡をかけ、死の国の王アローンに壮絶な戦いをいどむ。そして、プリデイン国に新しい王が――。　ニューベリー賞受賞

356ページ

〈ベスパー・ホリー物語1〉
イリリアの冒険
宮下嶺夫 訳

緑の瞳とマーマレード色の髪の少女ベスパー。亡き父ホリー博士が書きのこした「魔力をもった軍隊」の謎をさぐりに、アドリア海の小国イリリアに行くが……。

212ページ

〈ベスパー・ホリー物語2〉
エルドラドの冒険
宮下嶺夫 訳

亡き父が遺した土地を見に中央アメリカの国エルドラドに出かけたベスパーは、運河建設を進めるフランス人と郷土を守るインディオとの紛争に巻きこまれる。

252ページ

〈ベスパー・ホリー物語3〉
フィラデルフィアの冒険
宮下嶺夫 訳

アメリカ独立百年記念の万国博覧会を舞台に、宿敵ヘルビティウス博士と対決するベスパー。事件が事件を呼び、スリルとサスペンスに満ちた物語の行く先は？

228ページ

ロイド・アリグザンダーのユーモア作品集

セバスチァンの大失敗
神宮輝夫 訳

男爵家をクビになった楽師のセバスチァン。バイオリン一つを持って旅に出るが、ヘマばかりして何度も危険な目に。奇妙な仲間も加わり……。全米図書賞受賞

296ページ

人間になりたがった猫
神宮輝夫 訳

魔法使いに人間の姿に変えてもらった猫のライオネルは、勇んで人間の街に。でも心は猫のまま、とんちんかんなことばかり。やがて街の騒動に巻きこまれ……。

200ページ

木の中の魔法使い
神宮輝夫 訳

魔力を失って木の中に閉じこめられていた、老いた魔法使いのアルビカン。村の少女マロリーに助け出されるが、二人に次々と恐ろしい事件がふりかかる……。

272ページ

猫 ねこ ネコの物語
田村隆一 訳

優しく強く、勇気に満ちた八ぴきの猫のヒーローたちが、痛快無比の大活躍。ウイットとユーモアいっぱいの八つの物語に、猫好きも、そうでない人も大満足。

224ページ